Rosamunde Pilcher wurde 1924 in Lelant, Cornwall, geboren. Nach Tätigkeiten beim Foreign Office und, während des Krieges, beim Women's Royal Naval Service heiratete sie 1946 Graham Pilcher und zog nach Dundee, Schottland, wo sie seither wohnt. Rosamunde Pilcher schreibt seit ihrem fünfzehnten Lebensjahr. Ihr Werk umfasst bislang vierzehn Romane, zahlreiche Kurzgeschichten und ein Theaterstück.

ROSAMUNDE PILCHER

Miss Camerons Weihnachtsfest

Erzählungen

Deutsch von Dorothee Asendorf
und Margarete Längsfeld

Wunderlich Taschenbuch

Neuausgabe November 2003

Veröffentlicht im Rowohlt Taschenbuch Verlag GmbH,
Reinbek bei Hamburg, November 1998

Umschlaggestaltung any.way,
Martina Kloke
(Foto: Superstock)
Satz Stempel Garamond PostScript (PageOne)
Gesamtherstellung Clausen & Bosse, Leck
Printed in Germany
ISBN 3 499 26463 3

Die Schreibweise entspricht den Regeln
der neuen Rechtschreibung.

Inhalt

Die weißen Vögel

Als Eve Douglas im Garten die letzten Rosen schnitt, bevor der Frost einsetzte, hörte sie im Haus das Telefon klingeln. Sie eilte nicht sogleich hinein, denn es war Montag, und Mrs. Abney war da, die mit dem Staubsauger herumfuhrwerkte und im ganzen Haus den Geruch von Möbelpolitur verströmte. Mrs. Abney ging gern ans Telefon, und wie zu erwarten, wurde kurz darauf das Wohnzimmerfenster aufgerissen, und Mrs. Abney winkte mit einem gelben Staubtuch, um Eve auf sich aufmerksam zu machen.

«Mrs. Douglas! Telefon!»

«Ich komme.»

Den dornigen Strauß in der einen Hand und die Gartenschere in der anderen, überquerte Eve das laubbestreute Gras, zog ihre schmutzigen Stiefel aus und ging ins Haus.

«Ich glaub, es ist Ihr Schwiegersohn in Schottland.»

Eves Herz tat einen kleinen Ruck. Sie legte Blumen und Gartenschere auf die Dielenkommode und ging ins Wohnzimmer. Die Möbel waren verrückt, die Vorhänge über Stühle drapiert, um das Bohnern des Fußbodens zu erleichtern. Das Telefon stand auf dem Schreibtisch. Sie nahm den Hörer auf.

«David?»

«Eve.»

«Ja?»

«Eve ...»

«Ja?»

«Eve … Jane ist …»

«Was ist passiert?»

«Nichts ist passiert. Bloß, heute Nacht dachten wir, das Baby käme … und dann hörten die Schmerzen wieder auf. Aber heute Morgen war der Arzt da, und ihr Blutdruck war ein bisschen hoch, da hat er sie ins Krankenhaus gebracht …»

Er brach ab. Nach einer kleinen Weile sagte Eve: «Aber das Baby ist erst in einem Monat fällig.»

«Ich weiß. Das ist es ja eben.»

«Soll ich kommen?»

«Kannst du?»

«Ja.» Ihre Gedanken flogen voraus, überprüften den Inhalt der Tiefkühltruhe, sagten Verabredungen ab, überlegten, wie sie Walter allein lassen könnte. «Ja, natürlich. Ich nehme den Zug um halb sechs. Dann müsste ich gegen Viertel vor acht bei euch sein.»

«Ich hole dich am Bahnhof ab. Du bist ein Engel.»

«Geht's Jamie gut?»

«Ja. Nessie Cooper passt auf ihn auf. Sie kümmert sich, bis du hier bist.»

«Bis dann.»

«Tut mir Leid, dass ich dich damit behellige.»

«Das ist schon in Ordnung. Grüße Jane von mir. Und, David …» Noch während sie es sagte, wusste sie, dass es lächerlich war, «… mach dir keine Sorgen.»

Langsam legte sie den Hörer auf. Sie sah Mrs. Abney an, die in der Tür stand. Mrs. Abneys heitere Miene war verschwunden, sie hatte einer Besorgnis Platz gemacht, die sich in Eves Gesichtsausdruck widerspiegelte. Sie bedurften keiner Erklärungen. Sie waren alte Freundinnen. Mrs. Abney arbeitete seit über zwanzig Jahren bei Eve. Mrs. Abney hatte Jane aufwachsen sehen, sie war in einem türkisfarbenen Kostüm mit passender Kappe zu Janes Hochzeit gekommen. Als

Jamie geboren wurde, hatte Mrs. Abney ihm eine blaue Decke für seinen Kinderwagen gestrickt. Sie gehörte in jeder Hinsicht zur Familie.

Sie sagte: «Es ist doch nichts schief gegangen?»

«Sie glauben, das Baby ist unterwegs. Es ist einen Monat zu früh.»

«Sie müssen hin.»

«Ja», sagte Eve matt.

Sie hatte ohnehin fahren wollen, hatte alles für nächsten Monat geplant. Walters Schwester sollte aus Südengland kommen, um ihm Gesellschaft zu leisten und für ihn zu kochen, aber es stand außer Frage, dass sie jetzt kam, so kurzfristig.

Mrs. Abney sagte: «Seien Sie unbesorgt wegen Mr. Douglas. Ich kümmere mich um ihn.»

«Aber Mrs. Abney, Sie haben schon genug zu tun – Ihre Familie ...»

«Wenn ich's morgens nicht schaffe, komm ich nachmittags auf 'nen Sprung vorbei.»

«Sein Frühstück kann er sich selber machen ...» Aber irgendwie verschlimmerte das die Situation, als sei der arme Walter zu nichts anderem fähig, als sich ein Ei zu kochen. Doch darum ging es nicht, und das wusste Mrs. Abney. Walter musste den Hof bewirtschaften; er arbeitete von sechs Uhr früh bis Sonnenuntergang oder noch länger im Freien. Er brauchte, bekam und vertilgte Mahlzeiten in riesigen Portionen, denn er war ein großer Mann und ein schwer arbeitender noch dazu. Er benötigte tatsächlich viel Fürsorge.

«Ich – ich weiß nicht, wie lange ich weg sein werde.»

«Hauptsache», sagte Mrs. Abney, «Jane geht es gut und dem Baby auch. Da gehören Sie jetzt hin.»

«Ach, Mrs. Abney, was würde ich ohne Sie anfangen?»

«Eine Menge, denk ich», sagte Mrs. Abney, die als waschechte Einwohnerin von Northumberland nichts davon hielt, Gefühle zu zeigen. «Und wie wär's, wenn ich uns jetzt einen schönen heißen Tee mache?»

Der Tee war eine gute Idee. Während sie ihn trank, stellte Eve Listen auf. Als sie fertig getrunken hatte, holte sie den Wagen heraus, fuhr das kurze Stück zur nächsten Stadt, ging in den Supermarkt und kaufte einen Vorrat an allen Lebensmitteln, die Walter notfalls selbst zubereiten konnte. Suppendosen, Quiches, Tiefkühlpasteten, tiefgefrorenes Gemüse. Sie kaufte Brot, Butter, pfundweise Käse. Eier und Milch lieferte der Hof selbst, aber der Metzger packte Koteletts, Steaks und Würste ein, suchte Fleischreste und Knochen für die Hunde zusammen, versprach, einen Lieferwagen zum Hof zu schicken, falls es sich als notwendig erweisen sollte.

«Fahren Sie weg?», fragte er, während er mit seinem Hackmesser einen Markknochen zerschlug.

«Ja. Bloß nach Schottland zu meiner Tochter.» Der Laden war voll, und sie sagte nicht, warum sie hinfuhr.

«Das wird eine nette Abwechslung.»

«Ja», sagte Eve matt. «Ja, sehr nett.»

Sie fuhr nach Hause. Walter, der früh hereingekommen war, saß am Küchentisch und verzehrte, was Mrs. Abney ihm in den Backofen des Elektroherdes gestellt hatte, Braten, Kartoffeln und mit Käse überbackenen Blumenkohl. Er hatte seine alte Arbeitskleidung an und sah aus, wie ein Landwirt eben aussieht. Vor langer Zeit hatte er in der Armee gedient; als Eve ihn heiratete, war er ein groß gewachsener, schneidiger Hauptmann gewesen, und sie hatten eine traditionelle Hochzeit gehabt, Eve in wallendem Weiß, und als sie aus der Kirche traten, erwartete sie ein Bogengang aus Schwertern. Es folgten Versetzungen nach Deutschland, Hongkong und

Warminster, immer wohnten sie in Unterkünften für Eheleute, hatten nie ein eigenes Heim. Und dann wurde Jane geboren, und bald danach verkündete Walters Vater, der sein Leben als Bauer in Northumberland verbracht hatte, er habe nicht die Absicht, in den Sielen zu sterben, und was Walter da zu tun gedenke?

Eve und Walter trafen die schwer wiegende Entscheidung gemeinsam. Walter nahm Abschied von der Armee, besuchte zwei Jahre eine Landwirtschaftsschule und übernahm dann den Hof. Keiner von ihnen hatte diese Entscheidung je bereut, aber die schwere körperliche Arbeit hatte bei Walter ihre Spuren hinterlassen. Er war jetzt fünfundfünfzig, sein dichtes Haar ergraut, sein gebräuntes Gesicht von Falten durchzogen; in den Poren seiner Hände hatte sich Maschinenöl festgesetzt.

Er sah auf, als sie mit ihrer Last vollbeladener Körbe erschien. «Hallo, Liebling.»

Sie setzte sich ans andere Ende des Tisches, ohne ihren Mantel auszuziehen. «Hast du Mrs. Abney gesehen?»

«Nein, sie war schon weg, als ich hereinkam.»

«Ich muss nach Schottland.»

Ihre Augen trafen sich. «Jane?», fragte Walter.

«Ja.» Die Angst schien ihn sichtbar zu verzehren, ihn erschreckend zu verkleinern. Es drängte sie, ihn zu trösten. Sie sagte: «Mach dir keine Sorgen. Das Baby kommt bloß ein bisschen zu früh, das ist alles.»

«Geht es ihr gut?»

In nüchternem Ton erklärte Eve, was David ihr gesagt hatte. «So was kommt vor. Aber sie ist im Krankenhaus. Ich bin sicher, sie ist in allerbesten Händen.»

Walter sprach aus, was Eve seit Davids Anruf zu verdrängen versucht hatte. «Sie war so krank, als Jamie geboren wurde.»

«O Walter, nicht …»

«Früher würde man ihr gesagt haben, sie darf kein Kind mehr bekommen.»

«Heute ist das anders. Die Ärzte sind so tüchtig …» Sie fuhr unsicher fort, bemüht, nicht nur ihren Mann, sondern auch sich selbst zu beruhigen: «Du weißt schon, Ultraschall und so …» Er wirkte nicht überzeugt. «Außerdem wollte sie noch ein Kind.»

«Wir wollten auch noch ein Kind, aber wir haben nur Jane.»

«Ja, ich weiß.» Sie stand auf, um ihn zu küssen, und legte ihre Arme um seinen Hals, vergrub ihr Gesicht in seinen Haaren. Sie sagte: «Mrs. Abney wird sich um dich kümmern.»

Er sagte: «Ich sollte mit dir fahren.»

«Liebling, das geht nicht. David versteht das, er ist selbst Landwirt. Jane versteht es auch. Mach dir deswegen keine Gedanken.»

«Es ist mir nicht recht, dass du allein fahren musst.»

«Ich bin nicht allein, solange ich dich irgendwo weiß, und sei es in hundertfünfzig Kilometer Entfernung.» Er hob ihr sein Gesicht entgegen, und sie lächelte ihn an.

«Wäre sie so gut gelungen», fragte Walter, «wenn sie kein Einzelkind gewesen wäre?»

«Aber sicher. Es gibt keinen anderen Menschen, der so gelungen ist wie Jane.»

Als Walter hinausgegangen war, packte Eve die Einkäufe weg, stellte für Mrs. Abney eine Liste auf, räumte die Tiefkühltruhe ein, spülte das Geschirr. Sie ging nach oben, packte einen Koffer, aber als alles erledigt war, war es erst halb drei. Sie ging die Treppe hinunter, zog Mantel und Stiefel an und pfiff nach den Hunden, dann spazierte sie über die Felder zur kalten Nordsee, an den kleinen sichelförmigen Strand, den sie von jeher als ihr Eigentum betrachteten.

Sie hatten jetzt Oktober, es war still und kalt. Der Herbst hatte die Bäume bernsteingelb und golden gefärbt, der Himmel war bedeckt, die See stahlgrau. Es war Ebbe, der Sand lag glatt und rein wie ein frisch gewaschenes Bettlaken. Die Hunde tollten voraus, ihre Pfoten hinterließen Spuren im Sand. Eve folgte hinterdrein, der Wind blies ihr die Haare ins Gesicht und pfiff in ihren Ohren.

Sie dachte an Jane. Nicht an die Jane, die jetzt in einem fremden Krankenhausbett lag und darauf wartete, dass Gott weiß was geschah. Sondern an Jane als kleines Mädchen, Jane als Heranwachsende, Jane als Erwachsene. Jane mit ihren wirren braunen Haaren, ihren blauen Augen und ihrem Lachen. Die kleine, emsige Jane, die auf der alten Nähmaschine ihrer Mutter Puppenkleider nähte, ihr kleines Pony striegelte, an nassen Winternachmittagen in der Küche Rosinenbrötchen buk. Sie dachte an Jane als langbeiniger Teenager, als sie ihre Freundinnen mit nach Hause brachte und das Telefon pausenlos klingelte. Jane hatte all die leichtsinnigen, entnervenden Dinge getan, die alle Teenager tun, aber sie selbst war nie entnervend gewesen. Sie war nie aufsässig, nie mürrisch, und dank ihrer natürlichen Freundlichkeit und Lebhaftigkeit war sie nie ohne Begleitung des einen oder anderen Verehrers gewesen.

«Eh du's dich versiehst, bist du verheiratet», hatte Mrs. Abney sie immer geneckt, aber Jane hatte da ihre eigenen Vorstellungen.

«Ich heirate frühestens mit dreißig. Ich heirate erst, wenn ich für alles andere zu alt bin.»

Aber als sie einundzwanzig war, hatte sie ein Wochenende in Schottland verbracht und sich Hals über Kopf in David

Murchinson verliebt, und alsbald sah sich Eve in Hochzeitsvorbereitungen vertieft; sie maß aus, wie das Zelt auf den Rasen passte, und durchstöberte die Geschäfte von Newcastle nach einem geeigneten Hochzeitskleid.

«Dass du einen Bauern heiratest!», wunderte sich Mrs. Abney. «Man sollte meinen, nachdem du auf einem Hof aufgewachsen bist, hättest du die Nase voll vom Landleben.»

«Ich nicht», sagte Jane. «Ich springe von einem Misthaufen in den anderen!»

Sie war nie krank gewesen, aber als Jamie vor vier Jahren geboren wurde, war sie schwer krank, und das Baby musste zwei Monate auf die Intensivstation, bevor es nach Hause durfte. Eve war die ganze Zeit in Schottland geblieben, um sich des kleinen Haushalts anzunehmen, und es hatte so lange gedauert, bis Jane genesen und wieder zu Kräften gekommen war, dass Eve im Stillen betete, sie würde kein Kind mehr bekommen. Aber Jane war anderer Meinung.

«Ich will nicht, dass Jamie ein Einzelkind ist. Nicht dass ich es nicht genossen hätte, euer einziges Kind zu sein, aber es ist bestimmt lustiger, Geschwister zu haben. Außerdem wünscht David sich noch ein Kind.»

«Aber Liebling ...»

«Ach, es wird schon klappen. Reg dich nicht auf, Mama. Ich bin stark wie ein Pferd, nur meine Innereien wollen nicht immer so wie ich. Es sind ja nur ein paar Monate, und dann hat man für den Rest seines Lebens etwas Wunderbares.»

Für den Rest seines Lebens. Den Rest von Janes Leben. Auf einmal wurde Eve von eiskalter Panik gepackt. Zwei Zeilen eines Gedichtes, das sie einmal gelesen hatte, entstiegen ihrem Unterbewusstsein und dröhnten wie Trommelschläge in ihrem Kopf:

Unaufhörliches Blühen
über meiner verwesenden Tochter …

Sie schauderte, fröstelnd bis ins Mark, innerlich und äußerlich von Kälte befallen. Sie war jetzt in der Mitte des Strandes, wo ein Felsen, der bei Flut nicht zu sehen war, aufragte, von der See verlassen wie ein gestrandeter Koloss. Er war mit Napfschnecken überkrustet, hatte Fransen aus grünem Tang, und auf ihm saßen zwei perläugige Silbermöwen und schrien trotzig gegen den Wind an.

Sie blieb stehen und beobachtete sie. Weiße Vögel. Aus irgendeinem Grunde hatten weiße Vögel in ihrem Leben immer eine wichtige, ja schicksalhafte Rolle gespielt. Sie hatte die Möwen schon als Kind geliebt, in den Sommerferien am Meer, wenn sie am blauen Himmel segelten, und jedes Mal rief ihr Schrei jene endlosen, müßigen, sonnigen Tage zurück.

Und dann die Wildgänse, die im Winter Davids und Janes Hof in Schottland überflogen. Morgens und abends zogen die großen Verbände am Himmel entlang, glitten hinab, um sich in dem schilfigen Watt an den Ufern des weiten Meeresarmes niederzulassen, der an Davids Land grenzte.

Und Pfauentauben. Eve und Walter hatten ihre Flitterwochen in einem kleinen Hotel in der Provence verbracht. Ihr Fenster hatte auf einen mit Kopfsteinen gepflasterten Hof mit einem Taubenschlag in der Mitte hinausgesehen, und die Pfauentauben hatten sie jeden Morgen mit ihrem Gurren und Flattern und ihren Sturzflügen geweckt. Am letzten Tag ihrer Hochzeitsreise waren sie einkaufen gegangen, und Walter hatte ihr ein Paar Pfauentauben aus weißem Porzellan gekauft, die heute noch den Kaminsims im Wohnzimmer schmückten. Sie gehörten zu Eves kostbarstem Besitz.

Weiße Vögel. Im Krieg, als sie ein Kind war, war ihr älterer Bruder als vermisst gemeldet gewesen. Angst und Sorge hatten sich im Haus ausgebreitet und jegliche Geborgenheit zunichte gemacht. Bis zu dem Morgen, als sie aus ihrem Schlafzimmerfenster die Möwe auf dem Dach des Hauses gegenübersitzen sah. Es war Winter, und die Sonne war soeben wie ein scharlachroter Feuerball am Himmel aufgestiegen, und als die Möwe plötzlich aufflog, sah Eve die Unterseite der Schwingen rosig gefleckt. Das unerwartete Entzücken über diese wunderbare Schönheit gab ihr ein tröstliches Gefühl. Da wusste sie, dass ihr Bruder lebte, und als ihre Eltern eine Woche später erfuhren, dass er heil und gesund war, wenngleich in Kriegsgefangenschaft, konnten sie nicht verstehen, warum Eve die Nachricht so gelassen aufnahm. Aber von der Möwe erzählte sie ihnen nichts.

Und diese Möwen hier …? Sie hatten Eve nichts zu geben, spendeten keine Zuversicht. Sie wandten die Köpfe, blickten suchend auf den leeren Sand, erspähten in der Ferne einige Bröckchen essbaren Abfalls, schrien, breiteten ihre schneeweißen Schwingen aus und segelten kreisend auf den Armen des Windes von dannen.

Sie seufzte, sah auf ihre Uhr. Es war Zeit umzukehren. Sie pfiff nach den Hunden und trat den langen Heimweg an.

Es war beinahe dunkel, als der Zug in den Bahnhof einfuhr, aber sie sah ihren groß gewachsenen Schwiegersohn, der sie auf dem Bahnsteig erwartete. Er stand unter einer Lampe, in einer alten Arbeitsjacke, den Kragen zum Schutz vor dem Wind hochgeschlagen. Eve verließ den warmen Zug und spürte den Wind, der auf diesem Bahnhof stets schneidend blies, sogar mitten im Sommer.

Ihr Schwiegersohn trat zu ihr. «Eve.» Sie gaben sich einen

Kuss. Seine Wange war eiskalt, und Eve fand, er sah schrecklich aus, dünner denn je, ohne jede Farbe im Gesicht. Er nahm ihren Koffer. «Ist das dein ganzes Gepäck?»

«Ja, das ist alles.»

Schweigend gingen sie den Bahnsteig entlang, die Treppe hinauf und auf den Platz hinaus, wo sein Wagen wartete. Er warf den Koffer in den Kofferraum, öffnete die Beifahrertür. Erst als der Bahnhof hinter ihnen lag und sie auf der Landstraße waren, wappnete Eve sich für die Frage: «Wie geht es Jane?»

«Ich weiß es nicht. Niemand will etwas Bestimmtes sagen. Ihr Blutdruck ist gestiegen, damit hat alles angefangen.»

«Kann ich sie sehen?»

«Frühestens heute Abend, hat die Schwester gesagt. Vielleicht morgen früh.»

Es gab nicht mehr viel zu sagen. «Und was macht Jamie?»

«Ihm geht's gut. Nessie Cooper hat sich sehr lieb um ihn gekümmert, zusammen mit ihrer eigenen Horde.» Nessie war mit Tom Cooper verheiratet, Davids Vorarbeiter. «Er freut sich auf dich.»

«Ein lieber kleiner Junge.» Im Dunkel des Wagens rang sie sich ein Lächeln ab. Ihr Gesicht fühlte sich an, als hätte es seit Jahren nicht gelächelt, aber um Jamies willen war es wichtig, heiter und gelassen zu wirken, einerlei, was für Schreckensvorstellungen ihr durch den Kopf gingen.

Als sie ankamen, saßen Jamie und Mrs. Cooper beim Fernsehen. Jamie hatte seinen Bademantel an und trank Kakao, aber als er die Stimme seines Vaters hörte, stellte er den Becher hin und ging ihnen entgegen, teils, weil er Eve gern hatte und sich auf das Wiedersehen freute, und teils, weil er sich ziemlich sicher war, dass sie ihm etwas mitgebracht hatte.

«Hallo, Jamie.» Sie gaben sich einen Kuss. Jamie roch nach Seife.

«Granny, ich hab heute bei Charlie Cooper Mittag gegessen, er ist sechs und hat schon Fußballstiefel.»

«Grundgütiger Himmel! Mit richtigen Stollen?»

«Ja, genau wie die Großen, und er hat einen Fußball und lässt mich mit ihm spielen, und ich kann schon fast einen Dropkick.»

«Da kannst du mehr als ich», meinte Eve. Sie setzte ihren Hut ab, und während sie ihren Mantel aufknöpfte, kam Mrs. Cooper aus dem Wohnzimmer und nahm ihren eigenen Mantel von dem Stuhl in der Diele.

«Nett, dass man sich mal wieder sieht, Mrs. Douglas.»

Sie war eine adrette, schlanke Frau und sah viel zu jung aus für eine Mutter von vier Kindern – oder waren es fünf? Eve hatte die Übersicht verloren.

«Ja, finde ich auch, Mrs. Cooper. Es war so lieb von Ihnen, auf Jamie aufzupassen. Und wer kümmert sich um Ihre Bande?»

«Tom. Aber das Baby kriegt einen Zahn, drum muss ich jetzt nach Hause.»

«Ich kann Ihnen nicht genug danken für alles.»

«Keine Ursache. Ich … ich hoffe nur, dass alles gut geht.»

«Bestimmt.»

«Ich finde es so ungerecht. Ich kriege Kinder ohne Probleme. Eins nach dem anderen, mühelos wie eine Katze, sagt Tom immer. Dagegen Mrs. Murchinson … also ich weiß nicht. Ich finde es ungerecht.» Sie zog ihren Mantel an und knöpfte ihn zu. «Ich komm morgen vorbei und helfe Ihnen, wenn's Ihnen recht ist, und wenn Sie nichts dagegen haben, dass ich den Kleinen mitbringe. Er kann in der Küche im Kinderwagen sitzen.»

«Es ist mir sehr recht, wenn Sie kommen.»

«Macht das Warten leichter», sagte Mrs. Cooper. «Es hilft, wenn man wen zum Reden hat.»

Als sie fort war, gingen Eve und Jamie in Eves Zimmer hinauf, und sie öffnete ihren Koffer und gab Jamie sein Geschenk, einen John-Deere-Modelltraktor, und Jamie erklärte höflich, genau so einen habe er sich gewünscht, woher sie das gewusst habe? Nachdem er den Traktor in Besitz genommen hatte, ging er selig schlafen. Er gab Eve einen Gutenachtkuss, dann ließ er sich von seinem Vater die Zähne putzen und ins Bett bringen. Eve packte aus, wusch sich die Hände, zog andere Schuhe an und kämmte sich; dann ging sie hinunter, und sie und David nahmen einen Drink. Sie begab sich in die Küche und richtete ein kleines Abendessen an, das sie vom Tablett am Feuer aßen. Nach dem Essen fuhr David ins Krankenhaus, und Eve spülte das Geschirr. Danach rief sie Walter an, und sie unterhielten sich ein bisschen, aber eigentlich gab es nicht viel zu sagen. Sie blieb auf, bis David zurückkam, aber er brachte keine Neuigkeiten mit.

«Sie rufen an, wenn es losgeht», sagte er. «Ich will bei ihr sein. Ich war bei ihr, als Jamie geboren wurde.»

«Ich weiß.» Eve lächelte. «Sie meinte, ohne dich hätte sie Jamie nie auf die Welt gebracht. Und ich habe ihr gesagt, sie hätte es vermutlich auch allein geschafft. Du siehst müde aus. Geh ins Bett, und versuche ein bisschen zu schlafen.»

Sein Gesicht war völlig abgespannt. «Wenn ...» Die Worte wirkten, als würden sie ihm entrissen. «Wenn Jane was passiert ...»

«Ihr wird nichts passieren», sagte sie rasch. Sie legte ihre Hand auf seinen Arm. «Du darfst nicht mal daran denken.»

«Was kann ich sonst denken?»

«Du musst einfach Vertrauen haben. Und wenn mitten in der Nacht ein Anruf kommt, sagst du mir Bescheid, ja?»

«Natürlich.»

«Gute Nacht, mein Lieber.»

Sie hatte David gesagt, er solle schlafen, aber sie selbst fand keinen Schlaf. Sie lag im Dunkeln in dem weichen Bett und betrachtete durch das offene Fenster das mattere Stück Dunkelheit, das der Nachthimmel bildete, und lauschte auf die Stundenschläge der Standuhr am Fuße der Treppe. Das Telefon klingelte nicht. Erst im Morgengrauen döste sie endlich ein und wachte schon nach kurzer Zeit wieder auf. Es war halb acht. Sie stand auf, zog ihren Morgenrock an und ging zu Jamie, der auch schon wach war und im Bett mit seinem Traktor spielte.

«Guten Morgen.»

Er fragte: «Ob ich heute mit Charlie Cooper spielen kann? Ich will ihm meinen Traktor zeigen.»

«Ist er heute Morgen nicht in der Schule?»

«Dann heute Nachmittag?»

«Vielleicht.»

«Was machen wir heute Morgen?»

«Was möchtest du gerne machen?»

«Wir können an den Strand gehen und den Gänsen zugucken. Weißt du, Granny, weißt du, dass da Männer hinkommen und auf sie schießen? Daddy findet es grässlich, aber er sagt, er kann nichts machen, weil der Strand allen gehört.»

«Vogeljäger.»

«Ja.»

«Ich muss schon sagen, es ist gemein, wenn die armen Gänse den weiten Weg von Kanada geflogen kommen und dann erschossen werden.»

«Daddy sagt, sie verwüsten die Felder.»

«Sie brauchen Futter. Und da wir gerade von Futter sprechen, was möchtest du zum Frühstück?»

«Gekochte Eier.»

«Dann mal raus aus dem Bett.»

Auf dem Küchentisch fanden sie einen Zettel von David.

7.00. Habe das Vieh gefüttert, fahre jetzt ins Krankenhaus. Nachts ist kein Anruf gekommen. Ich ruf an, wenn's was Neues gibt.

«Was hat er geschrieben?», fragte Jamie.

«Dass er deine Mutter besuchen gegangen ist.»

«Ist das Baby schon da?»

«Nein.»

«Es ist in ihrem Bauch. Es muss rauskommen.»

«Ich glaube, es dauert nicht mehr lange.»

Als sie fertig gefrühstückt hatten, kam Mrs. Cooper mit ihrem rotbackigen Baby im Kinderwagen, den sie in der Küche in eine Ecke schob.

Sie gab dem Kleinen einen Zwieback zum Kauen. «Gibt's was Neues, Mrs. Douglas?»

«Nein, noch nicht. Aber David ist jetzt im Krankenhaus. Er ruft an, wenn sich etwas tut.»

Sie ging nach oben, ihr und Jamies Bett machen, und nach kurzem Zögern ging sie in Janes und Davids Schlafzimmer, um auch dort das Bett zu machen.

Sie hatte das zwingende Gefühl, ein Eindringling zu sein. Es roch nach Maiglöckchen, dem einzigen Parfüm, das Jane benutzte. Sie sah den Toilettentisch mit Janes kleinen, persönlichen Dingen: die silberne Haarbürste ihrer Großmutter, die Schnappschüsse von David und Jamie, die hübschen Ketten aus billigen Perlen, die sie an den Spiegel gehängt hatte. Kleidungsstücke lagen herum: die Latzhose, die sie angehabt hatte, bevor man sie in den Krankenwagen trug; ein Paar Schuhe, ein roter Pullover. Sie sah die kindliche Sammlung von Porzellantieren auf dem Kaminsims, die große Fotografie von sich und Walter.

Sie wandte sich dem Bett zu und sah, dass David auf Janes Seite geschlafen hatte, den Kopf in das große, weiße, spitzenbesetzte Kissen geschmiegt. Aus irgendeinem Grunde brachte dies das Fass zum Überlaufen. *Ich will, dass sie wiederkommt,* sagte sie zornig zu niemand Besonderem. *Ich will, dass sie wiederkommt. Ich will, dass sie gesund nach Hause kommt, zu ihrer Familie. Ich halte es nicht mehr aus. Ich will jetzt wissen, dass alles in Ordnung ist.*

Das Telefon klingelte.

Sie setzte sich auf die Bettkante und nahm den Hörer ab.

«Ja?»

«Eve, ich bin's, David.»

«Tut sich was?»

«Noch nicht, aber es scheint irgendwie akut zu sein, sie wollen nicht länger warten. Sie kommt jetzt in den Kreißsaal. Ich gehe mit. Ich ruf an, wenn's was Neues gibt.»

«Ja.» *Es scheint irgendwie akut zu sein.* «Ich … ich wollte mit Jamie spazieren gehen. Aber wir bleiben nicht lange weg, und Mrs. Cooper ist hier.»

«Gute Idee. Geh mit ihm aus dem Haus. Grüß ihn von mir.»

«Mach's gut, David.»

Zum Strand ging es durch einen alten Obstgarten mit Apfelbäumen und dann über ein Stoppelfeld. Sie kamen zu der Weißdornhecke und dem Zauntritt, dann senkte sich der Grashang zum Wasser hin ab. Es herrschte Ebbe, das Wattenmeer erstreckte sich bis ans ferne Ufer. Sie sah die niedrigen Hügel und den unendlichen Himmel; Flecken vom hellsten Blau, mit langsam ziehenden grauen Wolken behangen.

Jamie kletterte auf den Zauntritt und sagte: «Die Vogeljäger sind da.»

Eve sah sie am Ufer. Es waren zwei Männer, sie hatten sich eine Deckung aus Gestrüpp gebaut, das die Flut angeschwemmt hatte. Da standen sie – wie Silhouetten vor dem schimmernden Wattenmeer –, die Gewehre schussbereit. Zwei braunweiße Springerspaniels saßen wartend neben ihnen. Es war sehr, sehr still. Von weit draußen, aus der Mitte des Meeresarmes, konnte Eve das Schnattern der Wildgänse hören. Sie half Jamie von dem Zauntritt, und Hand in Hand gingen sie den Hang hinunter. Wo er auslief, stießen sie auf eine Gruppe Gipsvögel, die die Jäger so angeordnet hatten, dass sie einer weidenden Gänseherde glichen.

«Das sind ja Spielzeuggänse», sagte Jamie.

«Es sind Lockvögel. Die Jäger hoffen, dass die Gänse, die über ihnen fliegen, sie sehen und meinen, sie können sich gefahrlos niederlassen und fressen.»

«Das ist gemein. Das ist Betrug. Wenn welche kommen, Granny, wenn welche kommen, lass uns mit den Armen winken und sie wegscheuchen.»

«Ich glaube, damit machen wir uns nicht sehr beliebt.»

«Dann sagen wir den Jägern, sie sollen weggehen.»

«Das können wir nicht. Sie tun nichts Ungesetzliches.»

«Sie schießen unsere Gänse tot.»

«Die Wildgänse gehören allen.»

Die Vogeljäger hatten sie gesehen. Die Hunde spitzten die Ohren und jaulten. Einer von den Männern schimpfte mit seinem Hund. Eve und Jamie waren ratlos, wussten nicht, welchen Weg sie einschlagen sollten. Zögernd blieben sie bei den im Kreis aufgestellten Lockvögeln stehen, und da fiel Eves Blick auf eine Bewegung am Himmel, und sie sah von der See her eine Schar Vögel nahen.

«Schau, Jamie.»

Die Jäger hatten sie auch gesehen. Es entstand Bewegung, als sie den herankommenden Flug beobachteten.

«Sie sollen nicht kommen!» Jamie hörte sich panisch an. Er entzog Eve seine Hand und stolperte mit seinen kurzen, gummigestiefelten Beinchen los, ruderte mit den Armen, versuchte, die Vögel abzulenken, fort von den Gewehren. «Fliegt weg, fliegt weg, nicht herkommen!»

Eve meinte ihn bremsen zu müssen, aber es erschien ihr wenig sinnvoll. Nichts auf der Welt konnte diesen Flug aufhalten. Zudem war etwas Ungewöhnliches an den Vögeln. Normalerweise führte die Fluglinie der Wildgänse von Norden nach Süden, diese Schar aber näherte sich von Osten, von der See her, und mit jeder Sekunde wurden sie größer. Einen Moment geriet Eves natürliches Entfernungsempfinden durcheinander, und dann ging ihr auf einmal ein Licht auf, und sie sah, dass die Vögel gar keine Gänse waren, sondern zwölf weiße Schwäne.

«Es sind Schwäne, Jamie. Schwäne.»

Er stand auf der Stelle still, legte den Kopf zurück, um sie vorüberfliegen zu sehen. Sie kamen näher, die Luft war erfüllt vom Trommeln und Schlagen ihrer mächtigen Schwingen. Eve sah die vorgestreckten langen weißen Hälse, die hochgezogenen, rückwärts angelegten Beine. Und dann waren sie vorüber, flogen flussaufwärts, und ihre Flügelschläge wurden immer leiser, bis sie schließlich verschwunden waren, vom Grau des Morgens, von den fernen Hügeln verschluckt.

«Granny?» Jamie schüttelte sie am Ärmel. «Granny, du hörst mir ja gar nicht zu. «Sie sah auf ihn hinunter. Es war, als blicke sie zu einem Kind herab, das sie noch nie gesehen hatte. «Granny, die Jäger haben sie nicht totgeschossen.»

Zwölf weiße Schwäne. «Auf Schwäne dürfen sie nicht schießen. Schwäne gehören der Königin.»

«Gott sei Dank. Sie waren so schön.»

«Ja, o ja.»

«Wo fliegen sie hin?»

«Ich weiß nicht. Flussaufwärts. In die Berge. Vielleicht gibt es dort einen verborgenen See, wo sie fressen und nisten.» Aber sie sagte es geistesabwesend, weil sie nicht an die Schwäne dachte. Sie dachte an Jane, und auf einmal war es ungeheuer dringend, dass sie keine Zeit verloren, nach Hause zu kommen.

«Komm, Jamie.» Sie nahm ihn bei der Hand, und ihn hinter sich herziehend, strebte sie eilends auf dem grasbewachsenen Hang zum Zauntritt. «Lass uns umkehren.»

«Aber wir haben unseren Spaziergang noch gar nicht gemacht.»

«Wir sind weit genug gelaufen. Beeilen wir uns. Mal sehen, wie schnell wir sind.»

Sie stiegen über den Zauntritt und liefen über das Stoppelfeld. Jamies kurze Beinchen taten tapfer ihr Bestes, um mit seiner Großmutter Schritt zu halten. Sie durchquerten den Obstgarten, ohne stehen zu bleiben, um nach Fallobst zu sehen oder auf die verhutzelten alten Bäume zu klettern.

Jetzt gelangten sie zu dem Fahrweg, der zum Bauernhaus führte. Jamie war erschöpft, er konnte nicht mehr laufen und blieb stehen, um gegen ein so ungewöhnliches Ansinnen zu protestieren. Aber Eve ertrug es nicht zu warten, sie hob ihn auf die Arme und eilte weiter; sein Gewicht spürte sie kaum.

Sie kamen endlich nach Hause, gingen durch die Hintertür hinein, blieben nicht einmal stehen, um ihre schmutzigen Stiefel auszuziehen. Über die hintere Veranda in die warme Küche, wo das Baby noch friedlich in seinem Kinderwagen saß und Mrs. Cooper am Spülstein Kartoffeln schälte. Sie drehte sich um, als sie hereinkamen, und in diesem Moment klingelte das Telefon. Eve stellt Jamie auf die Füße und sauste zum Apparat. Schon beim zweiten Klingeln hielt sie den Hörer in der Hand.

«Ja.»

«Eve, ich bin's, David. Es ist alles vorbei. Alles in Ordnung. Wir haben wieder einen kleinen Jungen. Es hat ihn arg mitgenommen, aber er ist kräftig und gesund, und Jane ist wohlauf. Ein bisschen müde, aber sie ist schon wieder in ihrem Bett, und du kannst sie heute Nachmittag besuchen.»

«Oh, David ...»

«Kann ich Jamie sprechen?»

«Natürlich.»

Sie reichte denn keinen Jungen den Hörer. «Es ist Daddy. Du hast ein Brüderchen bekommen.» Sie wandte sich Mrs. Cooper zu, die starr verharrte, ein Messer in der einen und eine Kartoffeln in der anderen Hand. «Es geht ihr gut, Mrs. Cooper. Es geht ihr gut.» Am liebsten hätte sie Mrs. Cooper umarmt, ihre rosigen Wangen mit Küssen bedeckt. «Es ist ein Junge, und alles ist gut gegangen. Sie hat es überstanden, und ...»

Sie war am Ende. Sie konnte nichts mehr sagen. Und sie konnte Mrs. Cooper nicht mehr sehen, weil ihre Augen voll Tränen waren. Sie weinte nie, und sie wollte nicht, dass Jamie sie weinen sah, darum machte sie kehrt, ließ Mrs. Cooper stehen, ging einfach aus der Küche, denselben Weg hinaus, den sie hereingekommen waren, in den Garten, in die kalte, frische Morgenluft.

Es war überstanden. Vor Erleichterung fühlte sie sich schwerelos, ihr war, als könne sie mit einem einzigen Satz durch die Luft schweben. Sie weinte und lachte zugleich, wie lächerlich, und sie zog ihr Taschentuch hervor, wischte sich die Augen und putzte sich die Nase.

Zwölf weiße Schwäne. Sie war froh, dass sie Jamie bei sich gehabt hatte, sonst hätte sie womöglich für den Rest ihres Lebens geglaubt, der erstaunliche Anblick sei schlicht und einfach eine Ausgeburt ihrer überdrehten Phantasie gewesen. Zwölf weiße Schwäne. Sie hatte sie beobachtet, wie sie gekommen und verschwunden waren. Für immer verschwunden. Sie wusste, dass ihr ein so wunderbarer Anblick nie wieder beschieden sein würde.

Sie sah zum leeren Himmel empor. Er hatte sich bewölkt, bald würde es wohl zu regnen anfangen. Noch während sie dies dachte, spürte Eve die ersten kalten Tropfen auf ihrem Gesicht. Zwölf weiße Schwäne. Sie schob die Hände tief in ihre Manteltaschen und ging ins Haus, um ihren Mann anzurufen.

Das Vorweihnachtsgeschenk

Es war zwei Wochen vor Weihnachten. An einem düsteren, bitterkalten Morgen fuhr Ellen Parry, wie sie es die letzten zweiundzwanzig Jahre an jedem Morgen getan hatte, ihren Ehemann James die kurze Strecke zum Bahnhof, gab ihm einen Abschiedskuss, sah seine Gestalt mit dem schwarzen Mantel und der Melone durch die Sperre verschwinden und fuhr dann vorsichtig auf der vereisten Straße nach Hause.

Als sie über die langsam erwachende Dorfstraße und dann durch die sanfte Landschaft kroch, flogen ihre Gedanken, die zu dieser frühen Stunde wirr und undiszipliniert waren, in ihrem Kopf herum wie Vögel in einem Käfig. Es gab um diese Jahreszeit immer ungeheuer viel zu tun. Wenn sie das Frühstücksgeschirr gespült hatte, wollte sie eine Einkaufsliste für das Wochenende zusammenstellen, vielleicht Apfelpasteten mit Rosinen backen, ein paar Weihnachtskarten in letzter Minute schreiben, ein paar Geschenke in letzter Minute kaufen, Vickys Zimmer putzen.

Nein. Sie besann sich anders. Sie wollte Vickys Zimmer nicht putzen und das Bett nicht beziehen, bevor sie nicht sicher wusste, dass Vicky Weihnachten bei ihnen sein würde. Vicky war neunzehn. Im Herbst hatte sie in London eine Stelle gefunden und eine kleine Wohnung, die sie mit zwei anderen Mädchen teilte. Die Trennung war jedoch nicht endgültig, denn am Wochenende kam Vicky meistens nach Hause, brachte manchmal eine Freundin mit und jedes Mal einen Sack schmutzige Wäsche für Mutters Waschmaschine.

Als sie das letzte Mal da war, hatte Ellen angefangen, von Weihnachtsplänen zu sprechen, aber Vicky hatte ein verlegenes Gesicht gemacht und sich schließlich ein Herz gefasst, um Ellen zu eröffnen, dass sie dieses Jahr möglicherweise nicht zu Hause sein würde. Sie wolle sich vielleicht einer Gruppe junger Leute anschließen, die in der Schweiz Ski laufen und eine Villa mieten wollten.

Ellen, die diese Mitteilung völlig unvorbereitet traf, war es gelungen, ihre Bestürzung zu verbergen, doch insgeheim wurde ihr schwindelig bei der Aussicht, Weihnachten ohne ihr einziges Kind zu verbringen; dennoch war ihr bewusst, dass Eltern nichts Schlimmeres tun konnten, als Besitzansprüche zu zeigen, sich zu weigern, loszulassen, ja überhaupt irgendetwas zu erwarten.

Es war sehr schwierig. Wenn sie nach Hause kam, war die Post vielleicht schon da gewesen und hatte einen Brief von Vicky gebracht. Sie sah im Geiste den Umschlag auf der Fußmatte liegen, Vickys große Handschrift.

> Liebste Ma! Schlachte das gemästete Kalb und schmücke die Flure mit Stechpalmen, die Schweiz ist gestorben, ich werde zu Hause sein und die Feiertage bei dir und Dad verbringen.

Sie war so überzeugt, dass der Brief da sein würde, brannte so sehr darauf, ihn zu lesen, dass sie sich erlaubte, ein bisschen schneller zu fahren. Im fahlen Licht des Wintermorgens waren jetzt die gefrorenen Gräben und die schwarzen, vereisten Hecken zu erkennen. Sanfte Lichter schienen in den Fenstern der kleinen Häuser, der Hügel hatte eine Schneehaube auf. Ellen dachte an Weihnachtslieder und den Duft von Fichtenzweigen, und plötzlich war sie von Aufregung ergriffen, dem alten Zauber der Kindheit.

Fünf Minuten später parkte sie den Wagen in der Garage und ging durch die Hintertür ins Haus. Nach der Eiseskälte draußen war es in der Küche wohltuend warm. Die Reste vom Frühstück standen auf dem Tisch, aber sie sah darüber hinweg und durchquerte die Diele, um nach der Post zu sehen. Der Briefträger war da gewesen, ein Stapel Umschläge lag auf der Fußmatte. Sie hob sie auf, so überzeugt, einen Brief von Vicky vorzufinden, dass sie, als keiner da war, ihn übersehen zu haben glaubte und den Stapel noch einmal durchging. Aber von ihrer Tochter war nichts dabei.

Einen Augenblick war sie von Enttäuschung übermannt, doch dann gab sie sich einen Ruck, nahm sich zusammen. Vielleicht mit der Nachmittagspost ... Eine Reise voller Hoffnung ist schöner als die Ankunft. Sie ging mit dem Stapel Umschläge in die Küche, warf ihren Schaffellmantel ab und setzte sich hin, um die Post zu lesen.

Es waren vornehmlich Briefkarten. Sie öffnete eine nach der anderen und stellte sie im Halbkreis auf. Rotkehlchen, Engel, Weihnachtsbäume und Rentiere. Die letzte Karte war riesig groß und extravagant, eine Reproduktion von Breughels Schlittschuhläufern. Mit herzlichen Grüßen von Cynthia. Cynthia hatte außerdem einen Brief geschrieben. Ellen schenkte sich einen Becher Kaffee ein und las ihn.

Vor langer Zeit waren Ellen und Cynthia die besten Schulfreundinnen gewesen. Aber als sie erwachsen waren, hatten sich ihre Wege getrennt und ihrer beider Leben ganz verschiedene Richtungen eingeschlagen. Ellen hatte James geheiratet, und nach einer kurzen Zeit in einer kleinen Londoner Wohnung waren sie mit ihrer neugeborenen Tochter in dieses Haus gezogen, wo sie seither lebten. Einmal im Jahr fuhr sie mit James in Urlaub, meistens an Orte, wo James Golf spielen konnte. Das war alles. Die übrige Zeit tat sie die Dinge, mit denen Frauen in aller Welt ihre Zeit verbrachten, kochen, einkaufen, nähen, den Garten jäten, waschen und bügeln. Einladungen geben und von ein paar guten Freunden eingeladen werden; nebenbei ein bisschen karitative Arbeit und Kuchenbacken für den Basar der Frauenliga. Das alles stellte keine großen Anforderungen an sie und war, wie sie wohl wusste, ein bisschen fade.

Cynthia hingegen hatte einen angesehenen Arzt geheiratet, drei Kinder geboren, ein eigenes Antiquitätengeschäft eröffnet und einen Haufen Geld verdient. Ihre Urlaube waren unvorstellbar aufregend, sie reisten kreuz und quer durch die USA, wanderten in den Bergen von Nepal oder besuchten die Chinesische Mauer.

Ellens und James' Freunde waren Ärzte, Rechtsanwälte oder Geschäftskollegen; Cynthias Haus in Campden Hill aber war ein Treffpunkt für die faszinierendsten Leute. Berühmte Gesichter vom Fernsehen würzten ihre Partys, Schriftsteller diskutierten über den Existenzialismus, Künstler stritten über abstrakte Kunst, Politiker ergingen sich in gewichtigen Debatten. Als sie einmal nach einem Einkaufstag bei Cynthia übernachtete, saß Ellen beim Abendessen zwischen einem Kabinettsminister und einem jungen Mann mit pinkfarbenen Haaren und einem einzelnen Ohrring. Das Bemühen, sich mit dem einen oder anderen dieser Individuen zu unterhalten, war ein aufreibendes Erlebnis gewesen.

Hinterher hatte Ellen sich Vorwürfe gemacht. «Ich habe nichts, worüber ich reden kann», sagte sie zu James. «Außer, wie ich Marmelade koche und meine Wäsche weiß kriege, wie diese schrecklichen Frauen in der Fernsehwerbung.»

«Du könntest über Bücher sprechen. Ich kenne keinen Menschen, der so viele Bücher verschlingt wie du.»

«Über Bücher kann man nicht sprechen. Lesen ist lediglich das Erleben der Erlebnisse von anderen Leuten. Ich sollte etwas tun, selbst etwas erleben.»

«Was ist mit damals, als wir die Katze verloren haben? Ist das kein Erlebnis?»

«O *James.*»

In diesem Moment wurde die Idee geboren. Sie hatte deswegen nie etwas unternommen, aber in diesem Augenblick war die Idee geboren worden. Wenn Vicky von zu Hause fortging, vielleicht könnte sie dann …? Ein paar Tage später erwähnte sie es abends beiläufig zu James, aber er las die Zeitung und hörte kaum zu, und als sie nach ein paar Tagen noch einmal darauf zu sprechen kam, hatte er es, überaus freundlich, mit Gleichgültigkeit zugeschüttet, ganz so, als leerte er einen Wassereimer über einem Feuer aus.

Sie seufzte, ließ Bestrebungen Bestrebungen sein und las Cynthias Brief.

> Liebste Ellen! Wollte der Karte noch schnell ein paar Zeilen beifügen, bloß um mich mal zu melden und dir das Neueste mitzuteilen. Ich glaube nicht, dass du die Sanderfords, Cosmo und Ruth, mal kennen gelernt hast, als du hier warst.

Ellen hatte die Sanderfords nicht kennen gelernt, aber das bedeutete nicht, dass sie nicht genau wusste, wer sie waren. Wer hatte nicht von den Sanderfords gehört? Er war ein bedeutender Filmregisseur, sie war Schriftstellerin und verfasste ironische, komische Familienromane. Wer hatte die beiden nicht bei Podiumsdiskussionen im Fernsehen erlebt? Wer hatte Ruths Artikel über die Erziehung ihrer vier Kinder nicht gelesen? Wer hatte seine Filme nicht bewundert, mit ihrer versteckten, originellen Aussage, ihrer Empfindsamkeit und visuellen Schönheit? Was sie auch taten, die Sanderfords waren eine Nachricht wert. Allein ihnen zuzusehen genügte, um einem gewöhnlichen Sterblichen das Gefühl zu geben, fade und vollkommen unzulänglich zu sein. Die Sanderfords. Leicht verzagt las Ellen weiter:

> Sie haben sich vor einem Jahr scheiden lassen, in aller Freundschaft, und von Zeit zu Zeit kann man sie immer noch zusammen beim Mittagessen sehen. Aber sie hat sich in deiner Nähe ein Haus gekauft, und ich bin überzeugt, dass sie sich über einen Besuch freuen würde. Ihre Adresse ist Monk's Thatch, Trauncey, und die Telefonnummer ist Trauncey 232. Ruf sie mal an und sag ihr, ich habe dir gesagt, du solltest dich mal bei ihr melden. Fröhliche Weihnachten, viele liebe Grüße, Cynthia.

Trauncey war nur anderthalb Kilometer entfernt, praktisch nebenan. Und Monk's Thatch war eine alte Wildhüterhütte, an der monatelang ein Schild «Zu verkaufen» angebracht gewesen war. Jetzt musste das Schild wohl verschwunden sein, denn Ruth Sanderford hatte das Häuschen gekauft und wohnte dort ganz allein, und von Ellen wurde erwartet, dass sie mit ihr Verbindung aufnahm.

Bei dieser Aussicht war ihr bange zumute. Wenn der Neuankömmling ein normaler Mensch gewesen wäre, eine allein stehende Frau, die Gesellschaft und den Trost einer Freundin brauchte, das wäre etwas anderes gewesen. Aber Ruth Sanderford war kein normaler Mensch. Sie war berühmt, klug, genoss vermutlich ihr neu gewonnenes Alleinsein nach einem glanzvollen Leben künstlerischer Erfüllung, verbunden mit der schieren Plackerei, vier Kinder aufzuziehen. Sie würde Ellen langweilig finden und Cynthia den Vorschlag verübeln, dass Ellen sich bei ihr melden sollte.

Der Gedanke an den kühlen Empfang, der ihren vorsichtigen Annäherungen womöglich bereitet würde, ließ Ellens Phantasie erschrocken Reißaus nehmen. Irgendwann würde sie hingehen. Nicht vor Weihnachten. Vielleicht am Neujahrstag. Im Moment hatte sie ohnehin zu viel zu tun. Apfelpasteten backen, Listen schreiben ...

Sie schlug sich Ruth Sanderford aus dem Kopf, ging nach oben und machte ihr Bett. Die Tür von Vickys Zimmer gegenüber dem Treppenpodest war geschlossen. Sie öffnete sie, spähte hinein, sah den Staub auf dem Toilettentisch, das Bett mit dem Stapel gefalteter Decken, die geschlossenen Fenster. Ohne Vickys Habe wirkte es seltsam unpersönlich, ein Zimmer, das irgendjemand oder niemandem gehörte. Wie sie so auf der Schwelle stand, wusste Ellen mit einemmal, ohne jeden Zweifel, dass Vicky in die Schweiz fahren würde. Dass Weihnachten irgendwie ohne sie überstanden werden musste.

Was würden sie machen, sie und James? Worüber würden sie reden, wenn sie jeder an einem Ende des Esszimmertisches saßen, mit einem Truthahn, der zu groß zum Verspeisen war? Vielleicht sollte sie den Truthahn abbestellen und dafür Lammkoteletts bestellen. Vielleicht sollten sie verreisen, in eines dieser Hotels, die sich einsamer älterer Leute annahmen.

Rasch machte sie die Tür zu, verschloss nicht nur Vickys verlassenes Zimmer, sondern auch die erschreckenden Bilder von Alter und Einsamkeit, die uns alle einmal ereilen. Am anderen Ende des Treppenpodestes führte eine schmale Stiege auf den Dachboden. Ohne besondere Absicht ging Ellen die Stiege hinauf und durch die Tür, die auf den riesigen Speicher mit dem schrägen Dach führte. Er war leer bis auf ein paar Koffer und die Blumenzwiebeln, die sie fürs Frühjahr gesteckt hatte und die nun in dicke Schichten Zeitungspapier gehüllt waren. Dachgauben ließen die blassen Strahlen der niedrig stehenden Sonne herein, und es roch angenehm nach Holz und Kampfer.

In einer Ecke stand ein Karton mit dem Christbaumschmuck. Aber würden sie dieses Jahr einen Baum haben? Es war immer Vickys Aufgabe gewesen, den Baum zu schmücken, und es schien wenig Sinn zu haben, wenn sie nicht da war. Überhaupt schien alles wenig Sinn zu haben.

Sag ihr, ich habe dir gesagt, du solltest dich mal bei ihr melden.

Ihre Gedanken waren wieder bei Ruth Sanderford. Sie wohnte in Monk's Thatch, ein kurzer Spaziergang über die vereisten Felder. Schön, sie war berühmt, aber Ellen kannte und liebte alle ihre Bücher, sie identifizierte sich mit den geplagten Müttern, den zornigen, missverstandenen Kindern, den frustrierten Ehefrauen.

Aber ich bin nicht frustriert.

Der Speicher bildete einen wesentlichen Bestandteil der Idee, die sie gehabt hatte, des Vorhabens, das James so kurzerhand abgetan hatte, des Plans, den sie aufgegeben hatte, weil es keinen Menschen gab, der ihr ein wenig Mut zusprach.

James und Vicky. Ihr Mann und ihr Kind. Urplötzlich hatte Ellen die beiden satt. Sie hatte es satt, sich Gedanken wegen Weihnachten zu machen, sie hatte das Haus satt. Sie sehnte sich nach Abwechslung. Sie würde gehen, auf der Stelle, und Ruth Sanderford besuchen. Bevor dieser neue Mut sich verflüchtigte, ging sie hinunter, zog ihren Mantel an, legte ein Glas mit selbst gemachter Orangenmarmelade und eins mit Obstpastetenfüllung in einen Korb. Als begebe sie sich auf eine wagemutige, gefährliche Reise, trat sie in den eisigen Morgen hinaus und schlug die Tür hinter sich zu.

Es war ein schöner Tag geworden. Blass und wolkenlos der Himmel, glitzernder Frost auf den kahlen Bäumen, die Ackerfurchen eisenhart. Saatkrähen krächzten hoch oben auf den Ästen, die eisige Luft war süß wie Wein. Ellens Stimmung stieg; sie schwenkte den Korb, genoss ihre wachsende Energie. Der Fußweg führte am Rand der Felder entlang, über hölzerne Zauntritte. Bald kam hinter den Hecken Trauncey in Sicht. Eine kleine Kirche mit einem spitzen Turm, eine Gruppe niedriger Häuser. Über den letzten Zauntritt, und sie war auf der Straße. Rauch stieg munter aus Schornsteinen, graue Federn in der stillen Luft. Ein alter Mann mit Pferd und Wagen klapperte vorüber. Sie sagten guten Morgen. Ellen ging auf der kurvigen Straße weiter.

Das Schild «Zu verkaufen» am Haus Monk's Thatch war verschwunden. Ellen öffnete das Gartentor und ging den Ziegelweg entlang. Das Haus war lang gestreckt und niedrig, sehr alt, ein Fachwerkhaus mit einem Strohdach, das wie Augenbrauen über den kleinen Fenstern hing. Die Tür war blau gestrichen, mit einem Messingklopfer, und Ellen klopfte etwas beklommen, und als sie dastand und wartete, vernahm sie das Geräusch einer Säge.

Niemand öffnete ihr, und nach einer Weile folgte sie dem Geräusch und traf im Hof neben dem Haus auf eine schwer arbeitende Gestalt. Eine Frau, die Ellen von ihren Auftritten im Fernsehen her sofort erkannte.

Sie hob die Stimme und sagte: «Hallo.»

Ruth Sanderford hörte zu sägen auf und blickte hoch. Einen Augenblick verharrte sie erstaunt über den Sägebock gebeugt, dann richtete sie sich auf, ließ die Säge mitten in einem alten Ast stecken. Sie staubte sich die Hände am Hosenboden ab und kam zu Ellen.

«Hallo.»

Sie war eine sehr würdevolle Erscheinung. Groß, schlank,

kräftig wie ein Mann. Die grauen Haare waren am Hinterkopf zu einem Knoten geschlungen, ihr Gesicht war sonnengebräunt, mit dunklen Augen und glatten Zügen. Zu ihrer fleckigen Hose trug sie einen Marinepullover, und um den Hals hatte sie ein getupftes Tuch geknotet. «Wer sind Sie?»

Es klang nicht unfreundlich, sondern vielmehr, als wolle sie es wirklich gerne wissen.

«Ich … ich bin Ellen Parry. Eine Freundin von Cynthia. Sie sagte mir, ich soll Sie besuchen.»

Ruth Sanderford lächelte. Es war ein schönes Lächeln, warm und freundlich. Schlagartig war Ellens Nervosität verschwunden. «Natürlich. Sie hat mir von Ihnen erzählt.»

«Ich bin nur gekommen, um guten Tag zu sagen. Ich möchte Sie nicht stören, wenn Sie zu tun haben.»

«Sie stören mich nicht. Ich bin so gut wie fertig.» Sie ging zum Sägebock zurück, bückte sich und lud ein Bündel frisch gesägte Holzscheite auf ihre kräftigen Arme. «Ich muss das nicht machen – mein Vorrat an Feuerholz reicht bis an die Decke –, aber ich habe zwei Tage geschrieben, und da tut ein bisschen körperliche Arbeit gut. Außerdem ist es so ein zauberhafter Morgen, da wäre es fast ein Verbrechen, im Haus zu bleiben. Kommen Sie herein, trinken Sie eine Tasse Kaffee mit mir.»

Sie ging auf dem Weg voran, machte eine Hand frei, um den Türknauf zu drehen, und stieß die Tür mit dem Fuß auf. Sie war so groß, dass sie den Kopf einziehen musste, um sich nicht an dem Türsturz zu stoßen, aber Ellen, die erheblich kleiner war, brauchte sich nicht zu bücken, und erfüllt von verwunderter Erleichterung, dass das erste Bekanntwerden so mühelos verlaufen war, folgte sie Ruth Sanderford ins Haus und schloss die Tür.

Sie waren über zwei Stufen unmittelbar ins Wohnzimmer hinabgestiegen, das so lang und geräumig war, dass es den größten Teil des Erdgeschosses einnehmen musste. An einem Ende war ein offener Kamin, am anderen ein großer Kirschholztisch. Auf dem standen eine Schreibmaschine, Kartons mit Papier, Nachschlagewerke, ein Becher mit gespitzten Bleistiften und ein viktorianischer Krug mit getrockneten Blumen und Gräsern.

Ellen sagte: «Ein wunderschönes Zimmer.»

Ihre Gastgeberin stapelte die Holzscheite in einen bereits randvollen Korb und wandte sich dann Ellen zu.

«Entschuldigen Sie die Unordnung. Wie gesagt, ich habe gearbeitet.»

«Ich finde es nicht unordentlich.» Schäbig vielleicht, ein bisschen unaufgeräumt, aber sehr einladend mit den büchergesäumten Wänden und abgeschabten alten Sofas, die zu beiden Seiten des Kamins standen. Und überall Fotografien und ausgefallene, schöne Gegenstände aus Porzellan. «Genau so soll ein Zimmer aussehen. Bewohnt und warm.» Sie stellte ihren Korb auf den Tisch. «Ich habe Ihnen etwas mitgebracht. Marmelade und Pastetenfüllung. Nichts Besonderes.»

«Oh, wie nett.» Sie lachte. «Ein Vorweihnachtsgeschenk. Und mir ist die Marmelade ausgegangen. Bringen wir die Sachen in die Küche, und ich setze Wasser auf.»

Ellen legte ihren Schaffellmantel ab und folgte Ruth durch eine Tür am hinteren Ende des Raumes in eine kleine, bescheidene Küche, die früher eine Waschküche gewesen sein mochte. Ruth ließ Wasser in den Kessel laufen und stellte ihn auf den Gasherd. Sie kramte in einem Schrank nach Kaffee und nahm zwei Becher von einem Bord. Dann brachte sie ein Blechtablett zum Vorschein, auf dem *Carlsberg Lager* geschrieben stand, musste aber geraume Zeit suchen, bis sie den Zucker fand. Obwohl sie vier Kinder groß gezogen hatte, war sie offensichtlich kein häuslicher Typ.

«Wie lange wohnen Sie schon hier?», fragte Ellen.

«Schon einige Monate. Es ist himmlisch. So friedlich.»

«Schreiben Sie an einem neuen Roman?»

Ruth grinste gequält. «Könnte man sagen.»

«Auf die Gefahr hin, dass es banal klingt, ich habe alle Ihre Bücher mit großem Vergnügen gelesen. Und ich habe Sie im Fernsehen gesehen.»

«Ach du liebe Zeit.»

«Sie waren gut.»

«Man hat mich neulich gebeten, eine Sendung zu machen, aber ohne Cosmo scheint es sinnlos. Wir waren ein richtiges Team. Im Fernsehen, meine ich. Ansonsten glaube ich, seit wir geschieden sind, sind wir beide glücklicher. Und unsere Kinder auch. Als ich das letzte Mal mit ihm Mittag essen war, hat er mir erzählt, dass er daran denkt, wieder zu heiraten. Ein Mädchen, das seit zwei Jahren bei ihm arbeitet. Sie ist so nett. Sie wird ihm eine wunderbare Frau sein.»

Es war ein wenig verwirrend, von einer Fremden sogleich derart ins Vertrauen gezogen zu werden, aber sie sprach so natürlich und herzlich, dass diese Vertraulichkeit ganz normal, sogar wünschenswert wirkte.

Während Ruth Kaffeepulver in die Becher löffelte, sprach sie weiter: «Wissen Sie, dass ich jetzt zum ersten Mal in meinem Leben für mich allein lebe? Ich komme aus einer großen Familie, habe mit achtzehn geheiratet und bin sofort schwanger geworden. Danach gab es keinen einzigen müßigen Augenblick. Menschen scheinen sich ganz außerordentlich zu vermehren. Ich hatte Freunde, und Cosmo hatte Freunde, und dann brachten die Kinder ihre Freunde mit nach Hause, und die Freunde hatten Freunde, und so ging es weiter. Ich wusste nie, wie viele Personen ich zu verköstigen haben würde. Da ich keine besonders gute Köchin bin, gab es meistens Berge von Spaghetti.» Das Wasser kochte, sie füllte die

Becher und nahm das Tablett. «Kommen Sie, gehen wir ans Feuer.»

Sie setzten sich, eine jede in eine Ecke eines durchgesessenen Sofas, zwischen sich die Wärme des lodernden Feuers. Ruth trank einen Schluck Kaffee und stellte den Becher auf dem Tischchen ab, das zwischen ihnen stand. Sie sagte: «Das Schöne am Alleinleben ist unter anderem, dass ich kochen kann, wann ich will und was ich will. Bis zwei Uhr nachts arbeiten, wenn mir danach ist, und bis zehn schlafen.» Sie lächelte. «Sind Sie schon lange mit Cynthia befreundet?»

«Ja, wir sind zusammen zur Schule gegangen.»

«Wo wohnen Sie?»

«Im Nachbardorf.»

«Haben Sie Familie?»

«Einen Mann und eine Tochter, Vicky. Das ist alles.»

«Denken Sie nur, ich werde bald Großmutter. Allein schon die Vorstellung finde ich erstaunlich. Es kommt mir vor, als sei es keine Minute her, seit mein ältestes Kind geboren wurde. Das Leben rast vorüber, nicht? Man hat nie Zeit, irgendwas zu machen.»

Es schien Ellen, dass Ruth so ungefähr alles gemacht hatte, aber sie sagte es nicht. Sie fragte vielmehr und wollte nicht, dass es wehmütig klang: «Kommen Ihre Kinder Sie besuchen?»

«O ja. Sie hätten mich dieses Haus nicht kaufen lassen, bevor sie es gutgeheißen hatten.»

«Kommen sie auch für länger?»

«Einer meiner Söhne hat mir beim Umzug geholfen, aber jetzt ist er in Südamerika, ich vermute, ich werde ihn die nächsten Monate nicht sehen.»

«Und Weihnachten?»

«Oh, Weihnachten bin ich allein. Sie sind jetzt alle erwachsen, führen ihr eigenes Leben. Vielleicht überfallen sie ihren Vater, wenn sie eine Übernachtungsmöglichkeit suchen, ich weiß es nicht. Ich weiß es nie, habe es nie gewusst.» Sie lachte, nicht über ihre Kinder, sondern über ihre eigene Unwissenheit.

Ellen sagte: «Ich glaube nicht, dass Vicky Weihnachten nach Hause kommt. Sie wird wohl zum Skilaufen in die Schweiz fahren.»

Falls sie Mitgefühl oder Bedauern erwartete, wurde es ihr nicht zuteil. «Oh, das macht Spaß. Weihnachten in der Schweiz ist herrlich. Wir waren einmal mit den Kindern dort, als sie noch klein waren, und Jonas hat sich das Bein gebrochen. Was fangen Sie mit sich an, wenn Sie nicht Ehefrau und Mutter sind?»

Die unverblümte Frage kam überraschend und war etwas verwirrend. «Ich ... ich tue eigentlich nichts ...», gestand Ellen.

«Das nehme ich Ihnen nicht ab. Sie sehen ungeheuer tüchtig aus.»

Das war ermutigend. «Hm ... ich gärtnere. Und ich koche. Und ich bin in ein paar Komitees. Und ich nähe.»

«Meine Güte, wie geschickt Sie sind, dass Sie sogar nähen können. Ich kann nicht mal eine Nadel einfädeln. Sie brauchen sich nur meine Schonbezüge anzusehen. Sie müssen alle geflickt werden ... nein, flicken lohnt sich nicht mehr. Am besten kaufe ich Chintz und lasse neue Bezüge machen. Nähen Sie sich Ihre Kleider selbst?»

«Nein, Kleider nicht. Aber Vorhänge und so.» Sie zögerte einen Moment, dann sagte sie hastig: «Wenn Sie wollen, kann ich Ihre Bezüge flicken. Ich mache es gerne für Sie.»

«Und neue? Könnten Sie auch neue machen?»

«Ja.»

«Mit Paspeln und allem?»

«Ja.»

«Wollen Sie das tun? Professionell? Als Auftrag, meine ich. Nach Weihnachten, wenn Sie nicht mehr so viel zu tun haben?»

«Aber …»

«Oh, sagen Sie ja. Es ist mir egal, was Sie berechnen. Wenn ich das nächste Mal nach London komme, kann ich bei Liberty's den allerschönsten Morris-Chintz kaufen.» Ellen konnte sie nur anstarren. Ruth sah leicht zerknirscht drein. «Oh, jetzt habe ich Sie gekränkt.» Sie versuchte es noch einmal, schmeichelnd. «Sie können das Geld jederzeit der Kirche spenden und es als gutes Werk abschreiben.»

«Darum geht es nicht!»

«Warum machen Sie dann so ein verblüfftes Gesicht?»

«Weil ich verblüfft *bin.* Weil dies genau die Beschäftigung ist, an die ich gedacht hatte. Professionell, meine ich. Schonbezüge und Vorhänge nähen und dergleichen. Polstern. Voriges Jahr habe ich es in einem Abendkurs gelernt. Und jetzt, da Vicky in London und James den ganzen Tag weg ist … Ich habe einen idealen Speicher im Haus, ganz hell und warm. Und ich habe eine Nähmaschine. Ich müsste nur noch einen großen Tisch kaufen …»

«Ich habe vorige Woche auf einer Versteigerung einen gesehen. Einen alten Wäschereitisch …»

«Aber leider scheint mein Mann es nicht für eine gute Idee zu halten.»

«Ach, Ehemänner sind notorisch unbegabt dafür, etwas für eine gute Idee zu halten.»

«Er meint, ich würde das Geschäftliche nicht bewältigen. Die Einkommensteuer und die Rechnungen und die Mehrwertsteuer. Und er hat Recht», schloss Ellen betrübt, «denn er weiß, dass ich nicht mal zwei und zwei zusammenzählen kann.»

«Nehmen Sie sich einen Steuerberater.»

«Einen *Steuerberater*?»

«Sagen Sie nicht ‹Steuerberater›, als wäre es etwas Unanständiges. Sie machen ein Gesicht, als hätte ich Ihnen geraten, Sie sollten sich einen Liebhaber zulegen. Natürlich einen Steuerberater, der macht die Jahresabrechnung für Sie. Kein Aber mehr. Ihre Idee ist einfach glänzend.»

«Und wenn ich keine Arbeit bekomme?»

«Sie werden mehr Arbeit bekommen, als Sie bewältigen können.»

«Das ist ja noch schlimmer.»

«Überhaupt nicht. Sie stellen einige nette Damen aus dem Dorf ein, die Ihnen zur Hand gehen. Sie schaffen Arbeitsplätze. Es wird immer besser. Ehe Sie wissen, wie Ihnen geschieht, betreiben Sie ein richtiges kleines Geschäft.»

Ein richtiges kleines Geschäft. Etwas Kreatives tun, das ihr Freude bereitete und das sie gut machte. Arbeitsplätze schaffen. Vielleicht Geld verdienen wie Cynthia. Sie dachte darüber nach. Nach einer Weile meinte sie: «Ich weiß nicht, ob ich den Mut dazu habe.»

«Natürlich haben Sie den Mut. Und Ihren ersten Auftrag haben Sie schon. Von mir.»

«Aber James, mein Mann. Ich ... angenommen, er ist dagegen?»

«Dagegen? Er wird restlos begeistert sein. Und was Ihre Tochter angeht, es wäre das Beste, das Sie für sie tun können. Es ist nicht leicht für Kinder, das Nest zu verlassen, vor allem für Einzelkinder. Wenn Sie beschäftigt und glücklich sind, braucht sie sich nicht von Gewissensbissen plagen zu lassen. Es wird Ihre Beziehung zu ihr von Grund auf ändern. Nur zu! Sie hatten vermutlich nie die Möglichkeit, etwas Eigenständiges zu tun, und nun bietet sich Ihnen die Gelegenheit. Ergreifen Sie sie mit beiden Händen, Ellen.»

Ellen sah sie an, hörte ihr zu, und plötzlich fing sie an zu lachen. Ruth runzelte die Stirn. «Warum lachen Sie?»

«Mir ist gerade klar geworden, warum Sie so viel Erfolg im Fernsehen haben.»

«Ich weiß, wie Sie darauf gekommen sind, weil ich nämlich wieder in meinen Predigtton verfallen bin, wie meine Kinder das nennen. Cosmo nannte mich immer eine unbändige Feministin, und vielleicht bin ich das. Vielleicht bin ich es immer gewesen. Ich weiß nur, der wichtigste Mensch auf der Welt ist man selbst. Du bist der Mensch, mit dem du leben musst. Du bist dein eigener Umgang, dein Stolz. Selbstsicherheit hat nichts mit Selbstsucht zu tun ... es ist einfach ein Brunnen, der nicht austrocknet bis zu dem Tag, an dem man stirbt und ihn nicht mehr braucht.»

Ellen war seltsam bewegt, und ihr fiel keine Erwiderung ein. Ruth wandte den Kopf, blickte in den Feuerschein. Ellen sah die Falten um ihre Augen, den großzügigen Schwung ihres Mundes, die glatten grauen Haare. Nicht jung, aber schön; erfahren, verletzt vielleicht – vermutlich manchmal erschöpft –, aber nie unterlegen. Im mittleren Alter hat sie für sich allein ein neues Leben angefangen, guten Mutes und ohne Groll. Mit James' Unterstützung könnte es doch nicht allzu schwer sein, ihrem Beispiel zu folgen?

Schließlich war es Zeit, nach Hause zu gehen. Ellen stand auf, zog ihren Mantel an und nahm den leeren Korb. Ruth öffnete die Tür, und sie traten zusammen in den vereisten Garten hinaus.

Ellen sagte: «Sie haben einen Maulbeerbaum. Der wird Ihnen im Sommer Schatten spenden.»

«Ich kann mir den Sommer gar nicht vorstellen.»

«Wenn ... wenn Sie Weihnachten allein sind, wollen Sie

nicht zu uns kommen und den Tag mit James und mir verbringen? Er ist wirklich sehr nett, nicht so spießig, wie es sich vielleicht angehört hat, als ich von ihm sprach.»

«Das ist sehr liebenswürdig. Ich komme gern.»

«Dann ist es abgemacht. Danke für den Kaffee.»

«Danke für das Vorweihnachtsgeschenk.»

«Sie haben mir auch ein Vorweihnachtsgeschenk gemacht.»

«So?»

«Sie haben mir Mut gemacht.»

Ruth lächelte. «Dafür», sagte sie, «sind Freunde da.»

Ellen ging langsam nach Hause, schwenkte den leeren Korb, und ihr Kopf surrte von Plänen. Als sie die Tür aufmachte und in die Küche ging, klingelte das Telefon, und mit noch behandschuhter Hand nahm sie den Hörer ab.

«Hallo.»

«Mami, hier ist Vicky. Tut mir Leid, dass ich mich nicht eher gemeldet habe, aber ich ruf bloß an, um dir zu sagen, dass es mit der Schweiz klappt. Hoffentlich macht es dir nichts aus, aber es ist eine himmlische Gelegenheit, und ich war noch nie Ski laufen, und ich dachte, vielleicht kann ich Silvester nach Hause kommen. Ist es sehr schlimm für dich? Findest du mich schrecklich egoistisch?»

«Natürlich nicht.» Und es stimmte. Sie fand Vicky nicht egoistisch. Sie tat, was sie tun sollte, ihre eigenen Entscheidungen treffen, sich amüsieren, neue Freunde gewinnen. «Es ist eine großartige Gelegenheit, und du musst sie mit beiden Händen ergreifen.» *(Ergreifen Sie sie mit beiden Händen, Ellen.)*

«Du bist ein Engel. Und du und Daddy werdet nicht einsam sein, wenn ihr allein seid?»

«Ich habe für Weihnachten schon Besuch eingeladen.»

«Oh, prima. Ich hatte schon gedacht, ihr würdet Trübsal blasen und ein Kotelett essen und keinen Weihnachtsbaum haben.»

«Dann hast du falsch gedacht. Ich schicke heute Nachmittag deine Geschenke ab.»

«Und ich schicke euch meine. Du bist ein Schatz, dass du so verständnisvoll bist.»

«Schreib eine Postkarte.»

«Na klar, mach ich. Ich versprech's. Und Mami ...»

«Ja, Liebling?»

«Frohe Weihnachten.»

Ellen legte auf. Dann ging sie, noch im Mantel, die Treppe hinauf, an Vickys Zimmer vorbei und zum Speicher hoch. Da war er, der Geruch nach Holz und Kampfer. Da waren sie, die breiten Fenster und das große Oberlicht. Dort würde ihr Tisch stehen, hier das Bügelbrett, hier ihre Nähmaschine. Hier würde sie zuschneiden, heften und nähen. Im Geiste sah sie Ballen mit Leinen und Chintz, Litzen für Vorhänge, Rollen mit Samt. Sie würde sich einen Namen machen – Ellen Parry. Sich ihr Leben gestalten. Ein richtiges kleines Geschäft.

Sie hätte den ganzen Tag so stehen mögen, in Pläne vertieft, sich zufrieden beglückwünschend, wäre ihr Blick nicht plötzlich auf den Karton mit dem Christbaumschmuck gefallen.

Weihnachten.

Keine zwei Wochen mehr und noch so viel zu tun. Die Apfelpasteten, die Karten, die Geschenke abschicken, den Baum bestellen. Sie hatte, erinnerte sie sich schuldbewusst, nicht einmal das Frühstücksgeschirr gespült. Aus der Zukunft in die noch aufregendere Gegenwart katapultiert, durchquerte sie den leeren Speicher, hob den Karton auf die Arme und trug die kostbare Last überaus vorsichtig die Treppe hinunter.

Miss Camerons Weihnachtsfest

Die kleine Stadt Kilmoran hatte viele Gesichter, und für Miss Cameron waren sie alle schön. Im Frühling war das Wasser der Förde indigoblau gefärbt; landeinwärts tummelten sich Lämmer auf den Feldern, und in den Gärten wogten gelbe Narzissen. Der Sommer brachte die Besucher; Familien kampierten am Strand und schwammen in den flachen Wellen; der Eiswagen parkte am Wellenbrecher, der alte Mann mit dem Esel ließ die Kinder reiten. Und dann, gegen Mitte September, verschwanden die Besucher, die Ferienhäuser wurden dicht gemacht, ihre Fenster mit den geschlossenen Läden starrten blind über das Wasser zu den Hügeln am fernen Ufer. Überall auf dem Land brummten die Mähdrescher, und wenn die ersten Blätter von den Bäumen fielen und die stürmischen Herbstfluten das Meer bis an die Krone der Mauer unterhalb von Miss Camerons Garten steigen ließen, kamen die ersten Wildgänse von Norden geflogen. Nach den Gänsen hatte Miss Cameron jedes Mal das Gefühl, nun sei der Winter eingekehrt.

Und das war, dachte sie im Stillen, vielleicht die allerschönste Zeit. Ihr Haus sah nach Süden über die Förde; und war es auch oft dunkel, windig und regnerisch, wenn sie aufwachte, so war der Himmel doch manchmal auch klar und wolkenlos, und an solchen Morgen lag sie im Bett und beobachtete, wie die Sonne über den Horizont kletterte und das Schlafzimmer mit rosigem Licht durchflutete. Es blinkte auf dem Messinggestell des Bettes und wurde von dem Spiegel über dem Toilettentisch reflektiert.

Heute war der 24. Dezember, und was für ein Morgen! Und morgen Weihnachten. Sie lebte allein und würde den morgigen Tag allein verbringen. Es machte ihr nichts aus. Sie und ihr Haus würden sich gegenseitig Gesellschaft leisten. Sie stand auf und schloss das Fenster. Die fernen Lammermuir-Hügel waren mit Schnee überzuckert, und auf der Mauer am Ende des Gartens saß eine Möwe kreischend über einem Stück verfaultem Fisch. Plötzlich breitete sie die Schwingen aus und flog davon. Das Sonnenlicht fing sich in dem weißen Gefieder und verwandelte die Möwe in einen zauberhaften rosa Vogel, so schön, dass Miss Cameron vor Freude und Aufregung das Herz schwoll. Sie beobachtete den Flug der Möwe, bis sie außer Sicht segelte, dann zog sie ihre Pantoffeln an und ging hinunter, um Wasser für ihren Tee aufzusetzen.

Miss Cameron war achtundfünfzig. Bis vor zwei Jahren hatte sie in Edinburgh gelebt, in dem großen, kalten, nach Norden gelegenen Haus, wo sie geboren und aufgewachsen war. Sie war ein Einzelkind gewesen, ihre Eltern waren umso vieles älter als sie, dass sie, als sie zwanzig war, bereits als betagt gelten konnten. Deswegen war es schwierig, wenn nicht unmöglich, von zu Hause wegzugehen und ihr eigenes Leben zu leben. Irgendwie gelang ihr ein Kompromiss. Sie besuchte die Universität, aber in Edinburgh, und wohnte zu Hause. Danach arbeitete sie als Lehrerin, aber auch das tat sie an einer Schule am Ort, und als sie dreißig war, stand es außer Frage, die zwei alten Leute im Stich zu lassen, denen – unglaublich, dachte Miss Cameron oft – sie ihr Dasein verdankte.

Als sie vierzig war, hatte ihre Mutter, die nie sehr kräftig gewesen war, einen leichten Herzanfall. Sie lag einen Monat kraftlos im Bett, dann starb sie. Nach dem Begräbnis kehrten Miss Cameron und ihr Vater in das große, düstere Haus zurück. Er ging nach oben und setzte sich verdrießlich ans Feuer, und sie ging in die Küche und machte Tee. Die Küche lag im Souterrain, und das Fenster war vergittert, um eventuelle Eindringlinge abzuschrecken. Während Miss Cameron wartete, dass das Wasser kochte, sah sie durch die Gitterstäbe auf das kleine Steingärtchen. Sie hatte versucht, dort Geranien zu ziehen, aber sie waren alle verwelkt, und nun war dort nichts zu sehen als ein hartnäckiger Weidenröschenspross. Die Gitter ließen die Küche wie ein Gefängnis anmuten. Das war ihr früher nie in den Sinn gekommen, aber jetzt kam es ihr in den Sinn, und sie wusste, dass es stimmte. Sie würde niemals fortkommen.

Ihr Vater lebte noch fünfzehn Jahre, und sie unterrichtete weiter, bis er zu schwach wurde, um allein gelassen zu werden, und sei es nur für einen Tag. Da gab sie pflichtschuldig ihre Arbeit auf, die sie nicht gerade glücklich gemacht, aber zumindest ausgefüllt hatte, und blieb zu Hause, um ihre Zeit dem Lebensabend ihres Vaters zu widmen. Sie besaß kaum eigenes Geld und nahm an, dass der alte Mann so wenig hatte wie sie selbst, so spärlich war das Haushaltsgeld, so knickerig war er mit Dingen wie Kohlen und Zentralheizung und selbst den bescheidensten Vergnügungen.

Er besaß ein altes Auto, das Miss Cameron fahren konnte, und an warmen Tagen packte sie ihn manchmal hinein, und dann saß er neben ihr, in seinem grauen Tweedanzug und dem schwarzen Hut, mit dem er wie ein Leichenbestatter aussah, während sie ihn ans Meer oder aufs Land chauffierte oder gar zum Holyrood-Park, wo er wankend einen kleinen Spaziergang machen oder unter den grasbewachsenen Hängen von Arthur's Seat in der Sonne sitzen konnte. Dann aber schossen die Benzinpreise in die Höhe, und ohne sich mit seiner Tochter zu besprechen, verkaufte Mr. Cameron das Auto, und sie besaß nicht genug eigenes Geld, um ein neues zu kaufen.

Sie hatte eine Freundin, Dorothy Laurie, mit der sie studiert hatte. Dorothy hatte geheiratet – während Miss Cameron ledig geblieben war –, einen jungen Arzt, der mittlerweile ein ungeheuer erfolgreicher Neurologe war und mit dem sie eine Familie mit wohlgeratenen Kindern gegründet hatte, die jetzt alle erwachsen waren. Dorothy entrüstete sich unaufhörlich über Miss Camerons Situation. Sie fand, und sprach es aus, Miss Camerons Eltern seien selbstsüchtig und gedankenlos gewesen und der alte Herr werde immer schlimmer, je älter er werde. Als das Auto verkauft wurde, platzte ihr der Kragen.

«Lächerlich», sagte sie beim Tee in ihrem sonnigen, mit Blumen gefüllten Wohnzimmer. Miss Cameron hatte ihre Putzfrau bewogen, den Nachmittag über zu bleiben, um Mr. Cameron seinen Tee zu servieren und aufzupassen, dass er auf dem Weg zur Toilette nicht die Treppe hinunterfiel. «So knauserig kann er nicht sein. Er wird sich doch bestimmt einen Wagen leisten können, wenn schon nicht um seinetwillen, dann wenigstens dir zuliebe?»

Miss Cameron mochte ihr nicht erzählen, dass er nie an jemand anderen gedacht hatte als an sich selbst. Sie sagte: «Ich weiß nicht.»

«Dann solltest du es herausfinden. Sprich mit seinem Steuerberater. Oder mit seinem Anwalt.»

«Dorothy, das kann ich nicht. Das wäre ja, als würde ich ihn hintergehen.» Dorothy machte ein Geräusch, das sich anhörte wie dieses «Paah», das die Leute in altmodischen Romanen zu sagen pflegten.

«Ich möchte ihn nicht aufregen», fuhr Miss Cameron fort.

«Würde ihm aber mal gut tun, sich aufzuregen. Hätte er sich ein-, zweimal in seinem Leben aufgeregt, wäre er jetzt nicht so ein egoistischer alter …» Sie schluckte herunter, was sie hatte sagen wollen, und ersetzte es durch «… Mann.»

«Er ist einsam.»

«Natürlich ist er einsam. Egoistische Menschen sind immer einsam. Daran ist niemand schuld außer er selber. Jahrelang hat er im Sessel gesessen und sich selbst bedauert.»

Es war zu wahr, um darüber zu streiten. «Na ja», sagte Miss Cameron, «da ist nichts zu machen. Er ist fast neunzig. Es ist zu spät, ihn ändern zu wollen.»

«Ja, aber es ist nicht zu spät, dass du dich änderst. Du darfst nicht zulassen, dass du mit ihm alt wirst. Du musst einen Teil deines Lebens für dich behalten.»

Schließlich starb er, schmerzlos und friedvoll. Nach einem ruhigen Abend und einer ausgezeichneten Mahlzeit, die seine Tochter ihm gekocht hatte, schlief er ein und wachte nicht wieder auf. Miss Cameron war froh für ihn, dass sein Ende so still gekommen war. Erstaunlich viele Leute nahmen an der Beerdigung teil. Ein paar Tage später wurde Miss Cameron in die Kanzlei des Rechtsanwalts ihres Vaters bestellt. Sie ging hin, mit einem schwarzen Hut und in nervöser, gespannter Verfassung. Dann aber kam alles ganz anders, als sie gedacht hatte. Mr. Cameron, dieser gerissene alte Schotte, hatte sich nie in die Karten schauen lassen. Die Pfennigfuchserei, die jahrelange Enthaltsamkeit, sie waren ein riesengroßer, phantastischer Bluff gewesen. In seinem Testament vermachte er seiner Tochter sein Haus, seine irdischen Besitztümer und mehr Geld, als sie sich je erträumt hatte. Höflich und äußerlich gefasst wie stets, verließ sie die Anwaltskanzlei und trat auf dem Charlotte Square in den Sonnenschein hinaus. Eine Fahne flatterte hoch über den Festungswällen des Schlosses, und die Luft war kalt und frisch. Miss Cameron ging zu Jenners, eine Tasse Kaffee trinken, dann besuchte sie Dorothy.

Als Dorothy die Neuigkeit vernahm, war sie – typisch für sie – hin und her gerissen zwischen Wut auf die Hinterlist und Falschheit des alten Mr. Cameron und Begeisterung über das Glück ihrer Freundin. «Du kannst dir ein Auto kaufen», sagte sie zu ihr. «Du kannst reisen. Du kannst dir einen Pelzmantel anschaffen, Kreuzfahrten machen. Alles. Was wirst du tun? Was wirst du mit dem Rest deines Lebens anfangen?»

«Hm», meinte Miss Cameron vorsichtig, «ich werde mir einen kleinen Wagen kaufen.» An die Vorstellung, frei, beweglich zu sein, ohne auf einen anderen Menschen Rücksicht zu nehmen, musste sie sich erst langsam gewöhnen.

«Und reisen?»

Aber Miss Cameron hatte keine große Lust zu reisen, außer dass sie eines Tages nach Oberammergau wollte, um die Passionsspiele zu sehen. Und sie wollte keine Kreuzfahrten machen. Eigentlich wünschte sie sich nur eines, hatte sie sich ihr Leben lang nur eines gewünscht. Und jetzt konnte sie es haben.

Sie sagte: «Ich verkaufe das Haus in Edinburgh. Und kaufe ein anderes.»

«Wo?»

Sie wusste genau, wo. Kilmoran. Sie hatte dort einen Sommer verbracht, als sie zehn war, auf Einladung der liebenswürdigen Eltern einer Schulfreundin. Es waren derart glückliche Ferien gewesen, dass Miss Cameron sie nie vergessen hatte.

Sie sagte: «Ich ziehe nach Kilmoran.»

«Kilmoran? Aber das ist ja bloß über die Förde ...»

Miss Cameron lächelte sie an. Es war ein Lächeln, wie es Dorothy noch nie gesehen hatte, und es ließ sie verstummen. «Dort werde ich ein Haus kaufen.»

Und sie machte es wahr. Ein Reihenhaus mit Blick aufs Meer. Von hinten, der Nordseite, wirkte es unansehnlich und langweilig; es hatte quadratische Fenster, und die Haustür lag direkt am Bürgersteig. Aber drinnen war es schön, ein georgianisches Haus in Miniaturgröße, die Diele war mit Schieferplatten belegt, und eine geschweifte Treppe führte ins obere Stockwerk. Das Wohnzimmer lag oben, es hatte ein Erkerfenster, und vor dem Haus war ein Garten, zum Schutz vor dem Seewind ummauert. In der Mauer war ein großes Tor, und dahinter führte eine Steintreppe über die Kaimauer an den Strand. Im Sommer liefen Kinder auf der Kaimauer entlang, sie schrien und lärmten, aber Miss Cameron machte dieser Lärm nichts aus, ebenso wenig wie die Geräusche der Wellen oder der Möwen oder der ewigen Winde.

Es gab viel zu tun an dem Haus und viel aufzuwenden, aber mit einer gewissen mäuschenhaften Courage tat sie beides. Sie ließ eine Zentralheizung und doppelte Fensterscheiben installieren. Die Küche wurde mit Kiefernschränken neu eingerichtet, und hellgrüne Badezimmerfliesen ersetzten die alten, angeschlagenen weißen. Die hübschesten und kleinsten Möbelstücke aus dem alten Edinburgher Haus wurden ausgesucht und mit einem großen Lastwagen nach Kilmoran verfrachtet, zusammen mit dem Porzellan, dem Silber, den vertrauten Bildern. Aber sie kaufte neue Teppiche und Vorhänge und ließ die Wände neu tapezieren und die Holzbalken strahlend weiß streichen.

Was den Garten anging – sie hatte nie einen Garten besessen. Jetzt kaufte sie Bücher und studierte sie abends im Bett, und sie pflanzte Steinbrech und Ehrenpreis, Thymian und Lavendel, und sie kaufte einen kleinen Rasenmäher und mähte eigenhändig das raue, büschelige Gras.

Über den Garten lernte sie zwangsläufig ihre Nachbarn kennen. Rechter Hand wohnten Mitchells, ein älteres Rentnerehepaar. Sie plauderten über die Gartenmauer hinweg, und eines Tages lud Mrs. Mitchell Miss Cameron zum Abendessen und zum Bridgespiel ein. Behutsam wurden sie und Miss Cameron Freunde, aber es waren altmodische, förmliche Leute. Sie boten Miss Cameron nicht an, sich gegenseitig beim Vornamen zu nennen, und sie war zu schüchtern, es von sich aus vorzuschlagen. Als sie darüber nachsann, wurde ihr klar, dass Dorothy jetzt der einzige Mensch war, der ihren Vornamen kannte. Es war traurig, wenn die Leute nicht mehr merkten, dass man einen Vornamen hatte. Es bedeutete, dass man langsam alt wurde.

Die Nachbarn zur Linken waren jedoch aus ganz anderem Holz geschnitzt. Sie bewohnten ihr Haus nicht dauernd, sondern benutzten es nur an Wochenenden und in den Ferien.

«Sie heißen Ashley», hatte Mrs. Mitchell am Abendbrottisch erklärt, als Miss Cameron ein paar diskrete Fragen über das verriegelte Haus mit den geschlossenen Fensterläden auf der anderen Seite ihres Gartens stellte. «Er ist Architekt, hat in Edinburgh ein Büro. Es wundert mich, dass Sie nicht von ihm gehört haben, wo Sie doch Ihr ganzes Leben dort verbracht haben. Ambrose Ashley. Er hat eine um viele Jahre jüngere Frau geheiratet, sie war Malerin, glaube ich, und sie haben eine Tochter. Scheint ein nettes Mädchen zu sein … Nehmen Sie doch noch Quiche, Miss Cameron, oder etwas Salat?»

Es war Ostern, als die Ashleys auftauchten. Der Karfreitag war kalt und strahlend, und als Miss Cameron in den Garten ging, hörte sie über die Mauer hinweg Stimmen, und sie blickte zum Haus hinüber. Läden und Fenster waren offen. Ein rosa Vorhang flatterte im Wind. Eine junge Frau erschien an einem Fenster im oberen Stockwerk, und eine Sekunde lang sahen sie und Miss Cameron sich ins Gesicht. Miss Cameron wurde verlegen. Sie machte kehrt und eilte ins Haus. Wie schrecklich, wenn sie dächten, dass ich spioniere.

Später jedoch, beim Unkrautjäten, hörte sie ihren Namen, und da war die junge Frau wieder und sah sie über die Mauer hinweg an. Sie hatte ein rundes, sommersprossiges Gesicht, dunkelbraune Augen und rötliche Haare, üppig, dicht und windzerzaust.

Miss Cameron erhob sich von den Knien und überquerte den Rasen. Unterwegs zog sie die Gartenhandschuhe aus.

«Ich bin Frances Ashley ...» Sie gaben sich über die Mauer die Hand. Aus der Nähe stellte Miss Cameron fest, dass sie nicht so jung war, wie sie ihr anfangs erschien. Sie hatte feine Fältchen um Augen und Mund, und die flammenden Haare waren vielleicht nicht ganz natürlich, aber ihr Gesichtsausdruck war so offen, und sie strahlte eine solche Vitalität aus, dass Miss Cameron ihre Schüchternheit ein wenig überwand und sich alsbald ganz unbefangen fühlte.

Die dunklen Augen schweiften über Miss Camerons Garten. «Meine Güte, müssen Sie geschuftet haben. Alles ist jetzt so hübsch und gepflegt. Haben Sie Sonntag etwas vor? Ostersonntag? Wir wollen nämlich im Garten grillen, wenn es nicht in Strömen gießt. Kommen Sie doch auch, falls Sie nichts gegen ein Picknick haben.»

«Oh. Sehr liebenswürdig.» Miss Cameron war noch nie auf ein Grillfest eingeladen worden. «Ich ... ich denke, ich komme sehr gerne.»

«Gegen Viertel vor eins. Sie können über die Kaimauer kommen.»

«Ich freue mich sehr darauf.»

An den folgenden Tagen stellte sie fest, dass das Leben, wenn die Ashleys nebenan wohnten, ganz anders war als ohne sie. Zum einen war es viel lauter, aber es war ein angenehmer Lärm. Rufende Stimmen, Gelächter und Musik, die durch die offenen Fenster schwebte. Miss Cameron, die sich auf «Hard Rock» oder wie immer das hieß, gefasst gemacht hatte, erkannte Vivaldi, und Freude erfüllte sie. Sie erhaschte ab und zu einen Blick auf die übrigen Mitglieder der kleinen Familie. Der Vater, sehr groß und schlank und vornehm, mit silbernen Haaren, und die Tochter, die so rothaarig war wie ihre Mutter und deren Beine in den verblichenen Jeans endlos lang aussahen. Sie hatten auch Freunde bei sich wohnen (Miss Cameron fragte sich, wie sie die alle unterbrachten), und nachmittags ergossen sich alle in den Garten und bevölkerten den Strand. Sie spielten alberne Ballspiele, und Mutter und Tochter mit den roten Haaren sahen aus wie Schwestern, wenn sie barfuß über den Sand sausten.

Der Ostersonntag war hell und sonnig, obwohl ein scharfer, kalter Wind ging und auf dem Kamm der Lammermuir-Hügel noch Schneereste zu sehen waren. Miss Cameron ging zur Kirche, und als sie nach Hause kam, vertauschte sie Sonntagsmantel und -rock mit Sachen, die sich besser für ein Picknick eigneten. Eine lange Hose hatte sie nie besessen, aber sie fand einen bequemen Rock, einen warmen Pullover und einen winddichten Anorak. Sie schloss ihre Haustür ab, ging durch den Garten an der Kaimauer entlang und durch das Tor in den Garten der Ashleys. Rauch blies von dem frisch angezündeten Grillfeuer herüber, und auf dem kleinen

Rasen drängten sich schon Menschen jeden Alters; manche saßen auf Gartenstühlen oder lagerten auf Decken. Alle waren sehr ausgelassen und benahmen sich, als würden sie sich gut kennen, und eine Sekunde lang wurde Miss Cameron von Schüchternheit übermannt und wünschte, sie wäre nicht gekommen. Dann aber stand plötzlich Ambrose Ashley neben ihr, eine Röstgabel mit einem aufgespießten verbrannten Würstchen in der Hand.

«Miss Cameron. Wie schön, Sie kennen zu lernen. Nett von Ihnen, dass Sie gekommen sind. Frohe Ostern. Kommen Sie, Sie müssen die Leute kennen lernen. Frances! Miss Cameron ist da. Wir haben die Mitchells auch eingeladen, aber sie sind noch nicht hier. Frances, wie können wir den Rauch abstellen? Dieses Würstchen kann ich höchstens einem Hund anbieten.»

Frances lachte. «Dann such dir einen Hund und gib's ihm, und dann fang nochmal von vorne an ...», und plötzlich lachte Miss Cameron auch, weil er so herrlich komisch aussah mit seinem offenen Gesicht und dem verbrannten Würstchen. Dann bot ihr jemand einen Stuhl an, und jemand anders gab ihr ein Glas Wein. Sie setzte gerade dazu an, diesem Jemand zu sagen, wer sie war und wo sie wohnte, als sie unterbrochen und ihr ein Teller mit Essen gereicht wurde. Sie blickte auf, in das Gesicht der Ashley-Tochter. Die dunklen Augen hatte sie von ihrer Mutter, aber das Lächeln war das aufmunternde Grinsen ihres Vaters. Sie konnte nicht älter als zwölf sein, aber Miss Cameron, die während ihrer Jahre als Lehrerin unzählige Mädchen hatte heranwachsen sehen, erkannte auf Anhieb, dass dieses Kind eine Schönheit werden würde.

«Möchten Sie was essen?»

«Liebend gerne.» Sie sah sich nach etwas um, wo sie ihr Glas abstellen könnte, dann stellte sie es ins Gras. Sie nahm den Teller, die Papierserviette, Messer und Gabel. «Danke. Ich weiß gar nicht, wie du heißt.»

«Ich bin Bryony. Dieses Steak ist in der Mitte rosig gebraten, hoffentlich mögen Sie es so.»

«Köstlich», sagte Miss Cameron, die ihre Steaks gerne gut durchgebraten mochte.

«Und auf der gebackenen Kartoffel ist Butter. Ich hab sie draufgetan, damit Sie nicht aufstehen müssen.» Sie lächelte und verschwand, um ihrer Mutter zu helfen.

Miss Cameron, bemüht, mit Messer und Gabel zu balancieren, wandte sich wieder an ihren Nachbarn. «So ein hübsches Kind.»

«Ja, sie ist ein Schatz. Jetzt hole ich Ihnen noch ein Glas Wein, und dann müssen Sie mir alles über Ihr faszinierendes Haus erzählen.»

Es war eine herrliche Party, und sie war nicht vor sechs Uhr zu Ende. Als es Zeit zu gehen war, war die Flut so hoch, dass Miss Cameron keine Lust hatte, an der Kaimauer entlangzugehen, und sie kehrte auf dem üblichen Weg nach Hause zurück, via Haustüren und Bürgersteig. Ambrose Ashley begleitete sie. Als sie ihre Tür aufgeschlossen hatte, dankte sie ihm.

«So eine reizende Party. Es hat mir gefallen. Ich komme mir ganz bohemienhaft vor, so viel Wein am helllichten Tag. Und wenn Sie das nächste Mal hier sind, hoffe ich, dass Sie alle zu mir zum Essen kommen. Vielleicht mittags.»

«Herzlich gerne, aber jetzt werden wir erst mal eine ganze Weile nicht hier sein. Ich habe einen Lehrauftrag an einer Universität in Texas. Wir gehen im Juli rüber, machen zuerst ein bisschen Urlaub, und im Herbst fange ich zu arbeiten an. Bryony kommt mit. Sie wird in den USA zur Schule gehen.

«Ein wunderbares Erlebnis für Sie alle!»

Er lächelte sie an, und sie sagte: «Ich werde Sie vermissen.»

Das Jahr verging. Nach dem Frühling kam der Sommer, der Herbst, der Winter. Es stürmte, und der Steinbrech der Ashleys wurde von der Mauer geweht, weshalb Miss Cameron mit Gärtnerdraht und Drahtschere nach nebenan ging und ihn festband. Es wurde wieder Ostern, es wurde Sommer, aber die Ashleys erschienen noch immer nicht. Erst Ende August kamen sie zurück. Miss Cameron war einkaufen gewesen und hatte in der Bücherei ihr Buch umgetauscht. Sie bog am Ende der Straße um die Ecke und sah das Auto der Ashleys vor der Tür stehen, und lächerlicherweise tat ihr Herz einen Sprung. Sie trat ins Haus, stellte ihren Korb auf den Küchentisch und ging geradewegs in den Garten. Und dort, jenseits der Mauer, war Mr. Ashley und versuchte, das raue, wuchernde Gras mit einer Sense zu mähen. Er blickte auf, sah sie und hielt mitten im Schwung inne. «Miss Cameron.» Er legte die Sense hin, kam herüber und gab ihr die Hand.

«Sie sind wieder da.» Sie konnte ihre Freude kaum zurückhalten.

«Ja. Wir sind länger geblieben, als wir vorhatten. Wir haben so viele Freunde gewonnen, und es gab so viel zu sehen und zu tun. Es war für uns alle ein wunderbares Erlebnis. Aber jetzt sind wir wieder in Edinburgh, und der Alltag hat mich wieder.»

«Wie lange bleiben Sie hier?»

«Leider nur ein paar Tage. Ich werde die ganze Zeit brauchen, um dem Gras beizukommen ...»

Aber Miss Camerons Aufmerksamkeit wurde durch eine Bewegung beim Haus abgelenkt. Die Tür ging auf, und Frances Ashley kam heraus und die Treppe hinunter auf sie zu. Nach sekundenlangem Zögern lächelte Miss Cameron und sagte: «Schön, dass Sie zurück sind. Ich freue mich so, Sie beide wieder zu sehen.»

Sie hoffte sehr, dass sie das Zögern nicht bemerkt hatten. Sie wollte auf gar keinen Fall, dass sie auch nur ahnten, wie erschrocken und erstaunt sie gewesen war. Denn Frances Ashley war wundersamerweise sichtlich schwanger aus Amerika zurückgekehrt.

«Sie bekommt noch ein Baby», sagte Mrs. Mitchell. «Nach so langer Zeit. Sie bekommt noch ein Baby.»

«Es gibt keinen Grund, weswegen sie nicht noch ein Baby bekommen sollte», sagte Miss Cameron matt. «Ich meine, wenn sie es will.»

«Aber Bryony muss jetzt vierzehn sein.»

«Das spielt keine Rolle.»

«Nein, es spielt keine Rolle … es ist nur etwas … nun ja, ziemlich ungewöhnlich.»

Die zwei Damen verbrachten einen Moment in einmütigem Schweigen.

Nach einer Weile meinte Mrs. Mitchell vorsichtig: «Sie ist schließlich nicht mehr die Jüngste.»

«Sie sieht sehr jung aus», sagte Miss Cameron.

«Ja, sie sieht jung aus, aber sie muss mindestens achtunddreißig sein. Sicher, das ist jung, wenn man in die Jahre kommt wie wir. Aber es ist nicht jung, wenn man ein Baby bekommt.»

Miss Cameron hatte nicht gewusst, dass Mrs. Ashley achtunddreißig war. Manchmal, wenn sie mit ihrer langbeinigen Tochter im Sand war, sahen sie gleich alt aus. Sie sagte: «Es wird bestimmt gut gehen», aber es klang selbst in ihren eigenen Ohren nicht recht überzeugt.

«Ja, sicher», sagte Mrs. Mitchell. Ihre Blicke trafen sich, dann sahen beide rasch weg.

Und jetzt war es mitten im Winter und wieder Weihnachten, und Miss Cameron war allein. Wenn die Mitchells hier gewesen wären, hätte sie sie vielleicht für morgen zum Mittagessen eingeladen, aber sie waren verreist, um die Feiertage bei ihrer verheirateten Tochter in Dorset zu verbringen. Ihr Haus stand leer. Das Haus der Ashleys dagegen war bewohnt. Sie waren vor ein paar Tagen aus Edinburgh gekommen, aber Miss Cameron hatte nicht mit ihnen gesprochen. Sie fand, dass sie es tun sollte, aber aus einem obskuren Grund war es im Winter schwerer, Kontakt zu knüpfen. Man konnte nicht lässig über die Gartenmauer hinweg plaudern, wenn die Leute drinnen blieben, beim Feuer und mit zugezogenen Vorhängen. Und sie war zu schüchtern, sich einen Anlass auszudenken, um an ihre Tür zu klopfen. Hätte sie sie besser gekannt, so würde sie ihnen Weihnachtsgeschenke gekauft haben, aber wenn sie dann nichts für sie hätten, könnte es peinlich werden. Zudem war da Mrs. Ashleys Schwangerschaft, die machte die Sache noch komplizierter. Gestern hatte Miss Cameron sie beim Wäscheaufhängen erspäht, und es sah so aus, als könnte das Baby jeden Moment kommen.

Am Nachmittag unternahmen Mrs. Ashley und Bryony einen Spaziergang am Strand. Sie gingen langsam, rannten nicht wie sonst. Mrs. Ashley trug Gummistiefel und zockelte müde, schwerfällig, als werde sie nicht nur von dem Gewicht des Babys niedergedrückt, sondern von allen Sorgen der Welt. Sogar ihre roten Haare schienen ihre Spannkraft verloren zu haben. Bryony verlangsamte ihren Schritt, um sich ihrer Mutter anzupassen, und als sie von ihrem Ausflug zurückkehrten, hielt sie ihre Mutter am Arm und stützte sie.

Ich darf nicht an sie denken, sagte sich Miss Cameron brüsk. Ich darf nicht zu einer alten Dame werden, die sich in alles einmischt, die ihre Nachbarn beobachtet und Geschichten über sie erfindet. Es geht mich nichts an.

Heiligabend. Zu Festtagsstimmung entschlossen, stellte Miss Cameron ihre Weihnachtskarten auf dem Kaminsims auf und füllte eine Schale mit Stechpalmenzweigen; sie holte Holzscheite herein und putzte das Haus, und am Nachmittag machte sie einen ausgedehnten Strandspaziergang. Als sie nach Hause kam, war es dunkel, ein seltsamer, bewölkter Abend, ein stürmischer Wind wehte von Westen. Sie zog die Vorhänge zu und machte Tee. Sie hatte sich gerade hingesetzt, die Knie nahe am flackernden Feuer, als das Telefon klingelte. Sie stand auf, nahm ab und hörte zu ihrer Verwunderung eine Männerstimme. Es war Ambrose Ashley von nebenan.

Er sagte: «Sie sind da.»

«Natürlich.»

«Ich komme rüber.»

Er legte auf. Eine Minute später läutete es an der Haustür, und sie ging aufmachen. Er stand auf dem Bürgersteig, aschfahl, fleischlos wie ein Skelett.

Sie fragte sogleich: «Was ist passiert?»

«Ich muss Frances nach Edinburgh ins Krankenhaus bringen.»

«Kommt das Baby?»

«Ich weiß nicht. Sie fühlt sich seit gestern nicht wohl. Ich mache mir Sorgen. Ich habe unseren Arzt angerufen, und er sagt, ich soll sie sofort hinbringen.»

«Wie kann ich helfen?»

«Deswegen bin ich hier. Könnten Sie herüberkommen und bei Bryony bleiben? Sie möchte mit uns fahren, aber ich möchte sie lieber nicht mitnehmen und will sie nicht allein lassen.»

«Selbstverständlich.» Trotz ihrer Besorgnis wurde es Miss Cameron ganz warm ums Herz. Sie brauchten ihre Hilfe. Sie waren zu ihr gekommen. «Aber ich finde, sie sollte lieber zu mir kommen. Es wäre womöglich leichter für sie.»

«Sie sind ein Engel.»

Er ging in sein Haus zurück. Gleich darauf kam er wieder heraus, den Arm um seine Frau gelegt. Sie gingen zum Auto, und er half ihr sachte hinein. Bryony folgte mit dem Koffer ihrer Mutter. Sie trug ihre Jeans und einen dicken weißen Pullover, und als sie sich ins Auto beugte, um ihre Mutter zu umarmen und ihr einen Kuss zu geben, spürte Miss Cameron einen Kloß in ihrer Kehle. Vierzehn, das wusste sie aus langjähriger Erfahrung, konnte ein unmögliches Alter sein. Alt genug, um zu begreifen, doch nicht alt genug, um praktische Hilfe zu leisten. Im Geiste sah sie Bryony und ihre Mutter zusammen über den Sand laufen, und sie fühlte tiefes Mitleid mit dem Kind.

Der Wagenschlag wurde geschlossen. Mr. Ashley gab seiner Tochter noch rasch einen Kuss. «Ich ruf an», sagte er zu ihnen beiden, dann setzte er sich hinters Lenkrad. Minuten später war das Auto verschwunden, das rote Rücklicht von der Dunkelheit verschluckt. Miss Cameron und Bryony standen allein auf dem Bürgersteig im Wind.

Bryony war gewachsen. Sie war jetzt fast so groß wie Miss Cameron, und sie war es, die als Erste sprach. «Haben Sie was dagegen, wenn ich mit Ihnen reinkomme?» Ihre Stimme war beherrscht, kühl.

Miss Cameron beschloss, es ihr gleichzutun. «Keineswegs», erwiderte sie.

Ich schließe bloß das Haus ab und stelle ein Schutzgitter vors Feuer.»

«Tu das. Ich warte auf dich.»

Als sie kam, hatte Miss Cameron Holz nachgelegt, eine frische Kanne Tee gemacht, eine zweite Tasse nebst Untertasse aufgedeckt, dazu eine Packung Schokoladenplätzchen. Bryony setzte sich auf den Kaminvorleger, die Knie ans Kinn gezogen, die langen Finger um die Teetasse gelegt, als dürste sie nach Wärme.

Miss Cameron sagte: «Du musst versuchen, dich nicht zu ängstigen. Ich bin sicher, dass alles gut geht.»

Bryony sagte: «Eigentlich hat sie das Baby gar nicht gewollt. Als es anfing, waren wir in Amerika, und sie meinte, sie wäre zu alt zum Kinderkriegen. Aber dann hat sie sich an den Gedanken gewöhnt und wurde ganz aufgeregt deswegen, und wir haben in New York Kleider und so gekauft. Aber letzten Monat wurde alles ganz anders. Sie scheint so müde und … beinahe ängstlich.»

«Ich habe nie ein Kind gehabt», sagte Miss Cameron, «daher weiß ich nicht, wie einem dabei zumute ist. Aber ich kann mir vorstellen, es ist eine sehr empfindsame Zeit. Und man kann nichts dafür, wie man sich fühlt. Es hat keinen Sinn, wenn einem andere Leute sagen, man darf nicht deprimiert sein.»

«Sie sagt, sie ist zu alt. Sie ist fast vierzig.»

«Meine Mutter war vierzig, bevor ich auf die Welt kam. Ich war ihr erstes und einziges Kind. Und mir fehlt nichts, und meiner Mutter hat auch nichts gefehlt.»

Bryony blickte auf; diese Offenbarung weckte ihr Interesse. «Tatsächlich? Hat es Ihnen nichts ausgemacht, dass sie so alt war?»

Miss Cameron befand, dass die reine Wahrheit ausnahmsweise nicht angebracht war. «Nein, überhaupt nicht. Und bei eurem Baby wird es anders sein, weil du da bist. Ich kann mir nichts Schöneres denken, als eine Schwester zu haben, die vierzehn Jahre älter ist als man selbst. Ganz so, als hätte man die allerbeste Tante auf der Welt.»

«Das Schreckliche ist», sagte Bryony, «es würde mir nicht so viel ausmachen, wenn dem Baby was passiert. Aber ich könnte es nicht ertragen, wenn Mutter was zustieße.»

Miss Cameron klopfte ihr auf die Schulter. «Ihr wird nichts passieren. Denk nicht daran. Die Ärzte werden alles für sie tun.» Es schien ihr an der Zeit, über etwas anderes zu sprechen. «Hör zu, es ist Heiligabend. Im Fernsehen bringen sie Weihnachtslieder. Möchtest du sie hören?»

«Nein, wenn es Ihnen nichts ausmacht. Ich will nicht an Weihnachten denken, und ich will nicht fernsehen.»

«Was möchtest du denn gerne tun?»

«Einfach bloß reden.»

Miss Cameron war verzagt. «Reden. Worüber sollen wir reden?»

«Vielleicht über Sie?»

«Über mich?» Sie musste unwillkürlich lachen. «Meine Güte, so ein langweiliges Thema. Eine alter Jungfer, praktisch in der zweiten Kindheit!»

«Wie alt sind Sie?», fragte Bryony so unbefangen, dass Miss Cameron es ihr sagte. «Aber achtundfünfzig ist nicht alt! Bloß ein Jahr älter als mein Vater, und er ist jung. Zumindest denke ich das immer.»

«Ich fürchte, ich bin trotzdem nicht sehr interessant.»

«Ich finde, jeder Mensch ist interessant. Und wissen Sie, was meine Mutter gesagt hat, als sie Sie das erste Mal sah? Sie sagte, Sie haben ein schönes Gesicht, und sie würde Sie gerne zeichnen. Na, ist das ein Kompliment?»

Miss Cameron errötete vor Freude. «O ja, das ist sehr erfreulich ...»

«Und jetzt erzählen Sie mir von sich. Warum haben Sie dieses Haus gekauft? Warum sind Sie *hierher* gezogen?»

Und Miss Cameron, sonst so zurückhaltend und still, begann verlegen zu reden. Sie erzählte Bryony von jenen ersten

Ferien in Kilmoran, vor dem Krieg, als die Welt jung und unschuldig war und man für einen Penny ein Hörnchen Eis kaufen konnte. Sie erzählte Bryony von ihren Eltern, ihrer Kindheit, dem alten, großen Haus in Edinburgh. Sie erzählte ihr vom Studium und wie sie ihre Freundin Dorothy kennen gelernt hatte, und auf einmal war diese ungewohnte Flut von Erinnerungen keine Qual mehr, sondern eine Erleichterung. Es war angenehm, an die altmodische Schule zurückzudenken, wo sie so viele Jahre unterrichtet hatte, und sie war imstande, kühl und sachlich über die trübe Zeit zu sprechen, bevor ihr Vater schließlich starb.

Bryony hörte so aufmerksam zu, als würde Miss Cameron ihr von einem erstaunlichen persönlichen Abenteuer berichten. Und als sie zu dem Testament des alten Mr. Cameron kam und erzählte, dass er sie so wohl versorgt zurückgelassen hatte, da konnte Bryony nicht an sich halten.

«Oh, das ist phantastisch. Genau wie im Märchen. Zu schade, dass kein schöner weißhaariger Prinz aufkreuzt und um ihre Hand anhält.»

Miss Cameron lachte. «Für so etwas bin ich ein bisschen zu alt.»

«Schade, dass Sie nicht geheiratet haben. Sie wären eine phantastische Mutter gewesen. Oder wenn Sie wenigstens Geschwister gehabt hätten, dann hätten Sie denen so eine phantastische Tante sein können!» Sie sah sich zufrieden in dem kleinen Wohnzimmer um. «Das ist genau richtig für Sie, nicht? Dieses Haus muss auf Sie gewartet haben, es hat gewusst, dass Sie hierher ziehen würden.»

«Das ist eine fatalistische Einstellung.»

«Ja, aber eine positive. Ich bin in allem schrecklich fatalistisch.»

«Das darfst du nicht. Hilf dir selbst, so hilft dir Gott.»

«Ja», sagte Bryony, «ja, das mag wohl sein.»

Sie verstummten. Ein Holzscheit brach und sackte in sich zusammen, und als Miss Cameron sich vorbeugte, um ein neues nachzulegen, schlug die Uhr auf dem Kaminsims halb acht. Sie waren beide erstaunt, dass es schon so spät war, und auf einmal fiel Bryony ihre Mutter ein.

«Ich möchte wissen, was los ist.»

«Dein Vater wird anrufen, sobald er uns etwas zu sagen hat. In der Zwischenzeit sollten wir das Teegeschirr abwaschen und überlegen, was es zum Abendessen gibt. Was hättest du gerne?»

«Am allerliebsten Tomatensuppe aus der Dose und Eier mit Speck.»

«Das wäre mir auch am allerliebsten. Gehen wir in die Küche.»

Der Anruf kam nicht vor halb zehn. Mrs. Ashley lag in den Wehen. Es ließ sich nicht sagen, wie lange es dauern würde, aber Mr. Ashley wollte im Krankenhaus bleiben.

«Ich behalte Bryony über Nacht hier», sagte Miss Cameron bestimmt. «Sie kann in meinem Gästezimmer schlafen. Und ich habe ein Telefon am Bett, Sie können ohne weiteres jederzeit anrufen, sobald Sie etwas wissen.»

«Mach ich.»

«Möchten Sie Bryony sprechen?»

«Bloß gute Nacht sagen.»

Miss Cameron verzog sich in die Küche, während Vater und Tochter telefonierten. Als sie das Klingeln beim Auflegen des Hörers hörte, ging sie nicht in die Diele, sondern machte sich am Spülbecken zu schaffen, füllte Wärmflaschen und wienerte das ohnehin makellos saubere Abtropfbrett. Sie rechnete halbwegs mit Tränen, als Bryony zu ihr kam, doch Bryony war gefasst und tränenlos wie immer.

«Er sagt, wir müssen einfach abwarten. Haben Sie was dagegen, wenn ich bei Ihnen übernachte? Ich kann nach nebenan gehen und meine Zahnbürste und meine Sachen holen.»

«Ich möchte, dass du bleibst. Du kannst in meinem Gästezimmer schlafen.»

Schließlich ging Bryony ins Bett, mit einer Wärmflasche und einem Becher warmer Milch. Miss Cameron ging ihr gute Nacht sagen, aber sie war zu schüchtern, um ihr einen Kuss zu geben. Bryonys flammend rote Haare waren wie rote Seide auf Miss Camerons bestem Leinenkissenbezug ausgebreitet, und sie hatte außer ihrer Zahnbürste einen bejahrten Teddy mitgebracht. Er hatte eine fadenscheinige Nase und nur ein Auge. Als Miss Cameron eine halbe Stunde später selbst zu Bett ging, warf sie einen Blick ins Gästezimmer und sah, dass Bryony fest schlief.

Miss Cameron legte sich ins Bett, aber der Schlaf wollte nicht so leicht kommen. Ihr Hirn schien aufgezogen von Erinnerungen an Menschen und Ortschaften, an die sie seit Jahren nicht mehr gedacht hatte.

Ich finde, jeder Mensch ist interessant, hatte Bryony gesagt, und Miss Cameron wurde es warm ums Herz vor lauter Hoffnung für den Zustand der Welt. So schlimm konnte es nicht bestellt sein, wenn es noch junge Menschen gab, die so dachten.

Sie sagte, Sie haben ein schönes Gesicht. Vielleicht, dachte sie, tu ich nicht genug. Ich habe mich zu sehr in mich selbst zurückgezogen. Es ist egoistisch, nicht mehr an andere Menschen zu denken. Ich muss mehr tun. Ich muss reisen. Nach Neujahr melde ich mich bei Dorothy und frage sie, ob sie mitkommen möchte.

Madeira. Sie könnten nach Madeira fahren. Blauer Himmel und Bougainvilleen. Und Jakarandabäume …

Mitten in der Nacht fuhr sie furchtbar erschrocken auf. Es war stockdunkel, es war bitterkalt. Das Telefon klingelte. Sie knipste die Nachttischlampe an, sie sah auf die Uhr. Es war nicht mitten in der Nacht, sondern sechs Uhr morgens. Weihnachtsmorgen. Sie nahm den Hörer ab.

«Ja?»

«Miss Cameron? Ambrose Ashley am Apparat ...» Er klang erschöpft.

«Oh.» Sie fühlte sich ganz matt. «Erzählen Sie.»

«Ein Junge. Vor einer halben Stunde geboren. Ein niedlicher kleiner Junge.»

«Und Ihre Frau?»

«Sie schläft. Es geht ihr gut.»

Nach einer Weile sagte Miss Cameron: «Ich sag's Bryony.»

«Ich komme heute Vormittag nach Kilmoran – gegen Mittag, denke ich. Ich rufe im Hotel an und gehe mit Ihnen beiden dort essen. Das heißt, wenn Sie Lust haben?»

«Das ist sehr liebenswürdig», sagte Miss Cameron, «äußerst liebenswürdig.»

«Wenn einer liebenswürdig ist, dann Sie», sagte Mr. Ashley.

Ein neu geborenes Baby. Ein neu geborenes Baby am Weihnachtsmorgen. Sie fragte sich, ob sie es Noel nennen würden. Sie stand auf und trat ans offene Fenster. Der Morgen war dunkel und kalt, die Flut hoch, die pechschwarzen Wellen klatschten gegen die Kaimauer. Die eisige Luft roch nach Meer. Miss Cameron sog sie tief ein, und mit einemmal war sie ungeheuer aufgeregt und von grenzenloser Energie erfüllt. Ein kleiner Junge. Sie sonnte sich im Gefühl einer großartigen Leistung, was lächerlich war, weil sie überhaupt nichts geleistet hatte.

Als sie angezogen war, ging sie hinunter, um Wasser aufzusetzen. Sie deckte ein Tablett für Bryony und stellte zwei Tassen und Untertassen darauf.

Ich sollte ein Geschenk für sie haben, sagte sie sich. *Es ist Weihnachten, und ich habe nichts für sie.* Aber sie wusste, dass sie Bryony zusammen mit dem Teetablett das schönste Geschenk bringen würde, das sie je bekommen hatte.

Es war jetzt kurz vor sieben. Sie ging nach oben in Bryonys Zimmer, stellte das Tablett auf den Nachttisch und knipste die Lampe an. Sie zog die Vorhänge auf. Bryony rührte sich im Bett. Miss Cameron setzte sich zu ihr und nahm ihre Hand. Der Teddy lugte hervor, seine Ohren lagen unter Bryonys Kinn. Bryony schlug die Augen auf. Sie sah Miss Cameron dasitzen, und sogleich weiteten sich ihre Augen vor Sorge.

Miss Cameron lächelte. «Frohe Weihnachten.»

«Hat mein Vater angerufen?»

«Du hast ein Brüderchen und deine Mutter ist wohlauf.»

«Oh ...» Es war zu viel. Erleichterung öffnete die Schleusentore, und Bryonys sämtliche Ängste lösten sich in einem Tränenstrom. «Oh ...» Ihr Mund wurde eckig wie der eines plärrenden Kindes, und Miss Cameron konnte es nicht ertragen. Sie konnte sich nicht erinnern, wann sie zuletzt eine zärtliche körperliche Berührung mit einem anderen Menschen hatte, aber nun nahm sie das weinende Mädchen in die Arme. Bryony schlang ihre Arme um Miss Camerons Hals und hielt sie so fest, dass sie dachte, sie würde ersticken. Sie fühlte die dünnen Schultern unter ihren Händen; die nasse, tränenüberströmte Wange drückte sich gegen ihre.

«Ich dachte ... ich dachte, es würde etwas Schreckliches passieren. Ich dachte, sie würde sterben.»

«Ich weiß», sagte Miss Cameron, «ich weiß.»

Es dauerte ein Weilchen, bis sich beide gefasst hatten. Aber schließlich war es vorbei, die Tränen waren abgewischt, die Kissen aufgeschüttelt, der Tee eingeschenkt, und sie konnten von dem Baby sprechen.

«Es ist bestimmt was ganz Besonderes, am Weihnachtstag geboren zu sein», sagte Bryony. «Wann werde ich ihn sehen?»

«Ich weiß nicht. Dein Vater wird es dir sagen.»

«Wann kommt er?»

«Er wird zur Mittagszeit hier sein. Wir gehen ins Hotel Truthahnbraten essen.»

«Oh, prima. Ich bin froh, dass Sie mitkommen. Was machen wir, bis er kommt? Es ist erst halb acht.»

«Es gibt eine Menge zu tun», sagte Miss Cameron. «Wir machen uns ein Riesenfrühstück, zünden ein Riesenweihnachtsfeuer an – wenn du magst, können wir in die Kirche gehen.»

«O ja. Und Weihnachtslieder singen. Jetzt hab ich nichts mehr dagegen, an Weihnachten zu denken. Ich mochte bloß gestern Abend nicht dran denken.» Dann sagte sie: «Ist es wohl möglich, dass ich ein schönes heißes Bad nehme?»

«Du kannst machen, wozu du Lust hast.» Sie stand auf, nahm das Teetablett und ging damit zur Tür. Aber als sie die Tür öffnete, sagte Bryony: «Miss Cameron», und sie drehte sich um.

«Sie waren gestern Abend so lieb zu mir. Vielen, vielen Dank. Ich weiß nicht, was ich ohne Sie gemacht hätte.»

«Ich fand es wunderschön, dich hier zu haben», sagte Miss Cameron aufrichtig. «Ich habe mich gern mit dir unterhalten.»

Sie zögerte. Ihr war soeben ein Gedanke gekommen. «Bryony, nach allem, was wir zusammen durchgemacht haben, meine ich, du solltest jetzt nicht mehr Miss Cameron zu mir sagen. Das klingt so schrecklich förmlich, und das haben wir doch ein für allemal hinter uns, nicht?»

Bryony blickte ein wenig verwundert drein, aber nicht im Mindesten verstört.

«In Ordnung. Wenn Sie es sagen. Aber wie soll ich Sie denn nennen?»

«Mein Name», sagte Miss Cameron und lächelte, weil es wirklich ein sehr hübscher Name war, «ist Isobel.»

Die Schlittschuhe

Die zehnjährige Jenny Peters machte die Tür von Mr. Sims' Haushaltswarengeschäft auf und trat ein. Es war vier Uhr nachmittags und schon dunkel und bitterkalt, aber in Mr. Sims' Laden roch es so heimelig nach Ölofen, und er hatte überall weihnachtlich geschmückt. Auf seinem Tresen stand ein Schild – *Nützliche und beliebte Geschenke zum Fest* –, und um das unter Beweis zu stellen, hatte er den Griff eines gewaltigen Klauenhammers mit Lametta verziert.

«Hallo, Mr. Sims.»

«Was kann ich für dich tun?»

Sie sagte ihm, was sie brauchte, war sich aber nicht sicher, ob er ihr helfen konnte. «... es müssen ganz kleine Lämpchen sein, so wie die im Kühlschrank. Und dann brauche ich etwas zum Festmachen. Klemmen oder so. Damit ich sie an der Kante von einem Kasten anbringen kann ...»

Mr. Sims ließ sich das Problem durch den Kopf gehen und starrte Jenny dabei über den Rand seiner Brille an. «Brauchst du dafür Batterien?», fragte er.

«Nein. Ich nehme eine Strippe, die stecke ich in die Steckdose.»

«Hört sich an, als ob du dich umbringen willst.»

«Nein, das nicht.»

«Gut. Warte einen Augenblick ...»

Er verschwand. Sie zog das Portemonnaie aus der Manteltasche und zählte die letzten Münzen ihres Weihnachtsgeldes auf den Tresen. Hoffentlich reichte es. Und wenn nicht, dann würde Mr. Sims sicherlich anschreiben, bis sie ihr nächstes Taschengeld erhielt.

Nach einem Weilchen kam er mit haarscharf den Zutaten zurück, die sie brauchte. Er öffnete die Schachtel und suchte die verschiedenen Teile zusammen: einen kleinen Adapter und ein paar Meter Kabel. Die Klemmen waren eigentlich für größere Lämpchen gedacht, aber das machte nichts.

«Genau das Richtige, Mr. Sims. Danke. Wie viel kostet das?»

Er lächelte, griff nach einer Packpapiertüte und verstaute ihre Einkäufe. «Bei Barzahlung zehn Prozent Rabatt. Das macht …» Er rechnete alles mit einem Bleistiftstummel auf dem Tütenrand zusammen. «Ein Pfund und fünfundachtzig Pence.»

Uff. Sie hatte genug. Sie gab ihm zwei Pfund und bekam das Wechselgeld zurück. Mr. Sims konnte jedoch seine Neugier nicht bezähmen. «Wofür brauchst du das alles?»

«Für Nataschas Weihnachtsgeschenk. Es ist ein Geheimnis.»

«Pssst. Bleibt ihr Weihnachten zu Haus?»

«Ja. Granny ist da. Dad hat sie gestern Abend vom Bahnhof abgeholt.»

«Wie schön.» Er gab ihr die Tüte. «Hast wohl zu viel zu tun und keine Zeit zum Schlittschuhlaufen, was?»

Jenny sagte: «Ja.» Und dann rückte sie doch mit der Wahrheit heraus. «Ich kann nicht Schlittschuh laufen.»

«Wetten, du hast es noch nie probiert?»

«Oh, ja. Ich hab mir Nataschas alte Stiefel geborgt. Aber die waren zu groß, und ich bin dauernd hingefallen.»

«Wenn man den Dreh erst raus hat, geht's», sagte Mr. Sims. «Genau wie beim Radfahren.»

«Ja», sagte Jenny. «Kann sein.» Sie nahm die prall gefüllte Tüte. «Danke, Mr. Sims, und schöne Weihnachten.»

Draußen überfiel sie die Kälte wie ein Schlag. Es war, als käme man in ein Kühlhaus. Aber es war nicht ganz dunkel, die Straßenlaternen brannten schon, dazu kam noch das Flutlicht, das Tommy Bright, der Geschäftsführer des Wappen von Bramley vor seinem Pub installiert hatte. Damit strahlte er die Eisbahn an, nämlich den überfluteten und gefrorenen Dorfplatz. Dieser kostenlose Service wurde auch belohnt; jeden Abend war es rappelvoll bei ihm, und die Kasse klingelte nur so.

Das Dorf lag in einer Mulde, die nach Süden hin durch eine Hügelkette abgeschlossen wurde. Häuser, Kirche, Läden und Pub drängten sich um den Dorfplatz und das Flüsschen, das eher ein Bach war. Und dieser Fluss war über die Ufer getreten. Fast den ganzen November hindurch hatte es geregnet, und Anfang Dezember gab es den ersten Schnee. Die Alten konnten sich nicht erinnern, je solch ein Wetter erlebt zu haben. Der Fluss war stetig angestiegen, hatte sein Bett verlassen und am Ende den Dorfplatz unter Wasser gesetzt. Dann war die Temperatur jäh gefallen, es hatte starke Nachtfröste gegeben, und nun war alles steinhart gefroren.

Eine Schlittschuhbahn. Seit einer Woche hielt das Eis, und heute war Heiligabend, und es würde weiter kalt bleiben, wenn man dem Wetterbericht trauen konnte.

Jenny blieb einen Augenblick vor Mr. Sims' Laden stehen und sah sich das Volksfest an. Die Schlittschuhläufer, die Schlitten, die unbeholfenen Hockeyspieler. Gekreisch und Gelächter, denn alle hatten ihren Spaß, ganze Familien waren auf dem Eis, zogen eingemummelte Babys auf Schlitten hinter sich her oder liefen Hand in Hand Schlittschuh.

Sie hielt nach ihrer Schwester Natascha Ausschau und erblickte sie fast sofort, denn sie war in ihrem rosa Trainingsanzug gar nicht zu übersehen. Natascha lief Schlittschuh, wie sie auch sonst alles machte, mit spielender Leichtigkeit und

Grazie. Sie war groß und schlank, hatte blondes Haar und endlos lange Beine, und alle sportlichen Aktivitäten fielen ihr leicht. In der Schule war sie Kapitän der Jugendmannschaft und der Gymnastikmannschaft, aber ihre große Leidenschaft galt dem Tanz. Seit ihrem fünften Lebensjahr bekam sie Ballettunterricht und hatte bereits eine Reihe von Medaillen und Preisen gewonnen. Sie hatte nur eins im Kopf, nämlich Ballerina werden.

Jenny, die kleiner und jünger und sehr viel pummeliger war, hinkte immer hinter ihrer Schwester her. Sie hatte auch Ballettunterricht, hatte es bislang jedoch nicht weiter als bis zum Seemannstanz und zu mitteleuropäischen Polkas gebracht. Sie konnte den linken und den rechten Fuß nicht auseinander halten. Im Sport ging es ihr auch nicht viel besser, wenn sie übers Pferd springen musste, landete sie fast immer auf der Seite, auf der sie angefangen hatte.

Sie ging nicht gern zum Ballettunterricht, fügte sich aber, weil es so ungefähr das Einzige war, was die beiden Schwestern gemeinsam machten. Manchmal träumte sie davon, mit ihren Energien etwas ganz anderes anzufangen. Zum Beispiel Klavier spielen. Im Schlafzimmer zu Hause hatten sie ein Klavier, und der Gedanke, dass es dastand und voller Musik war, die sie ihm nicht entlocken konnte, der war einfach frustrierend. Es erinnerte sie dauernd daran, was sie alles nicht konnte. Aber Klavierstunden waren teuer. Viel teurer als der Tanzkurs in der Volkshochschule, und sie traute sich einfach nicht, ihre Eltern darum zu bitten. Vielleicht konnte sie sich ja zum Geburtstag Klavierunterricht wünschen. Aber sie hatte erst im Sommer Geburtstag. Es war alles sehr schwierig.

«Jenny!» Das war Natascha, die Hand in Hand mit einem anderen Mädchen vorbeischwebte. «Los, komm. Probier's nochmal.»

Jenny winkte, aber das waren sie schon fort, glitten zum

anderen Ende der Eisbahn. Es sah so leicht aus, aber sie hatte erlebt, dass es auf der Welt nichts Schwierigeres gab. Und sie hatte es wirklich versucht, mit Nataschas alten Stiefeln. Aber jeder Schritt war eine Qual, und ihre Füße und Beine waren in alle Richtungen auseinander gerutscht, und am Ende war sie gestürzt und hatte sich böse wehgetan. Doch das schmerzte weniger als die Erkenntnis, dass sie sich wieder einmal blamiert hatte.

Sie seufzte und ging nach Haus. Ein netter Spaziergang bei der weihnachtlichen Stimmung überall, Licht hinter allen Fenstern und Lichter an den Weihnachtsbäumen, die in gefrorene Gärten hinausstrahlten. Zu Hause hatten sie auch einen Weihnachtbaum am Speisezimmerfenster, doch im Wohnzimmer waren die Vorhänge zugezogen. Sie machte die Wohnzimmertür auf und steckte den Kopf um die Ecke. Mum und Dad und Granny tranken Tee am Kamin, und Granny strickte. Alle blickten auf und lächelten.

«Möchtest du eine Tasse Tee, Kind? Oder soll ich dir eine heiße Schokolade machen?»

«Nein, danke. Ich will nur schnell in mein Zimmer.»

Oben knipste sie das Licht an und zog die Vorhänge zu. Ihr Zimmer war nicht sehr groß, aber es war ihr eigenes Reich. Ihr Arbeitstisch nahm viel Platz ein; hier machte sie Schularbeiten, zeichnete und baute ihre kleine Nähmaschine auf, wenn sie Lust hatte, etwas zu nähen. Jetzt allerdings lag er voller Schnipsel und Zutaten für Nataschas Geschenk. Farbtiegel und Klebstofftuben und Wattebäuschchen und Pfeifenreiniger und Bänder. Das Geschenk war mit einem Laken zugedeckt. So hatte es die ganze Zeit über gestanden, seit Jenny daran arbeitete, und sie wusste ganz genau, dass ihre Mutter auf gar keinen Fall heimlich nachsehen würde.

Sie hob das Laken hoch und betrachtete das Geschenk lange, versuchte es mit Nataschas kritischem Blick zu sehen.

Es war eine Miniaturballettbühne. Eine leere Holzkiste hatte sie auf die Idee gebracht; und ihr Vater hatte ihr dabei geholfen, sie so zurechtzusägen, dass sie einen Fußboden und drei Wände hatte. Zwei Wände hatte sie grün gestrichen, auf die hintere Wand jedoch hatte sie die Reproduktion eines alten Gemäldes geklebt, das sie in einem Trödelladen aufgetrieben und passend zurechtgeschnitten hatte. Eine idyllische Szene, winterlich und hell, mit Haustieren und mit einem Mann in rotem Umhang, der einen holzbeladenen Schlitten zog.

Sie hatte den Boden mit Klebstoff bestrichen und mit Sägemehl bestreut und in die Mitte einen runden Spiegel aus einer alten Handtasche geklebt, der sollte einen gefrorenen See darstellen.

Bäume gab es auch, Immergrünzweige in alten Garnrollen, und die glitzerten frostig, weil sie mit Weihnachtsspray eingesprüht waren. Die Tänzerinnen waren winzige Figürchen aus Pfeifenreinigern und Watte, sie trugen Kleidchen aus leuchtenden Bänderschnipseln und weißen Tüllfetzen. Für die Tänzerinnen hatte sie ewig gebraucht, es war eine arge Fummelei gewesen, denn sie musste ihnen Gesichtchen malen und Haare ansetzen.

Aber jetzt war es geschafft. Fehlte nur noch das Licht. Sie öffnete die Tüte und holte behutsam die Teilchen heraus, die ihr Mr. Sims freundlicherweise zusammengesucht hatte. Das dauerte, und sie musste noch einmal nach unten und sich einen Schraubenzieher holen. Als schließlich alles fertig war, befestigte sie die Lämpchen mit den Klemmen an den drei Oberkanten der kleinen Bühne und steckte die lange Leitung in die Steckdose ihrer Nachttischlampe. Sie knipste den Schalter an, und die kleinen Lichter strahlten auf. Aber sie waren kaum zu sehen, also knipste sie die große Lampe aus und drehte sich im Dunkeln um, um die volle Wirkung zu prüfen.

Besser, als sie sich hätte träumen lassen. Umwerfend. So echt, dass die winzigen angestrahlten Figuren richtig lebendig wurden, so als wollten sie tanzen und auf dem Sägemehl des Bodens ihre Pirouetten drehen.

Nach einem Weilchen packte sie alles weg, deckte die Bühne mit dem Laken zu, setzten eine andere Miene auf und ging nach unten.

«Alles in Ordnung, Kind?», fragte ihre Mutter.

«Ja», erwiderte Jenny und schnitt sich so unbefangen wie möglich ein Stück Kuchen ab.

Das Beste an Weihnachten blieb sich immer gleich. Nach dem Abendessen an Heiligabend Weihnachtslieder mit Granny am Klavier, zu Bett gehen und die Strümpfe aufhängen und dann der Gedanke, dass man nie im Leben einschlafen würde. Und wenn man sich nicht länger darum bemühte, wurde man auf einmal wach, und die Uhr zeigte halb acht, und der Strumpf am Fußende des Bettes war prall gefüllt.

Weihnachten, das war der Duft von gepellten Mandarinen und Schinken und Eiern zum Frühstück. Das war der Kirchgang in der bitterkalten, frostigen Luft und Lieder wie ‹Vom Himmel hoch, da komm ich her›, Jennys Lieblingslied. Und nach dem Gottesdienst ein Plausch vor der Kirche und dann der eilige Heimweg, und der Puter, und Feuer in allen Kaminen.

Und dann, wenn alles bereit ist, sagte Dad: «Auf die Plätze, fertig, los!», und dann durften sie über die Päckchen herfallen, die sich unter dem Weihnachtsbaum häuften.

Nataschas Geschenk hatte ein Problem dargestellt. Wie wickelt man eine Bühne ein? Schließlich hatte Jenny eine Art Kaffeewärmer aus Weihnachtspapier konstruiert, hatte ihn über die Bühne gestülpt und sie behutsam nach unten getragen. Sie setzte sie auf der Anrichte ab, damit niemand darüber stolperte.

Doch jetzt war die Bühne in der Aufregung über ihre eigenen Geschenke vergessen. Eine neue Lampe für ihr Fahrrad, ein Shetlandpullover und ein paar schwarze Lackschuhe, die sie sich sehnlichst gewünscht hatte. Von Natascha ein Buch. Von ihrer Patentante einen Porzellanbecher mit ihrem Namen in Gold. Und von Granny … ein großes viereckiges Paket in rot-weiß gestreiftem Geschenkpapier. Sie saß auf dem Fußboden inmitten von Bändern und Papier und Weihnachtskarten und machte es auf. Das Papier fiel herunter, eine weiße Schachtel kam zum Vorschein. Noch mehr Seidenpapier. Schlittschuhstiefel.

Schöne, neue weiße Schlittschuhstiefel mit blinkenden Stahlkufen, und genau die richtige Größe. Jenny starrte sie mit gemischten Gefühlen an, Entzücken, weil sie so phantastisch waren, und Bangigkeit bei dem Gedanken, was sie damit tun sollte.

«Oh, Granny.»

Ihre Großmutter beobachtete sie. Jenny stand auf, lief zu ihr hin und drückte sie. «Sie sind … sie sind einfach super.»

Ihre Blicke trafen sich. Großmutters Augen waren alt, aber sie leuchteten. Ihnen entging nichts. Sie sagte: «In Stiefeln, die einem nicht passen, kann man unmöglich Schlittschuh laufen. Ich habe sie gestern gekauft. Du sollst dich doch nicht um den ganzen Spaß bringen.»

«Heute Nachmittag gehen wir Schlittschuh laufen», sagte Natascha bestimmt. «Du musst es einfach noch einmal probieren.»

«Ja», sagte Jenny lammfromm. Und in diesem Augenblick fiel ihr die Bühne ein, das einzige Geschenk, das noch nicht geöffnet war. «Aber jetzt musst du mein Geschenk aufmachen.»

Die Erwachsenen setzten sich voller Vorfreude zurecht. In Wahrheit konnten sie es kaum noch erwarten, wollten unbedingt sehen, was Jenny die ganzen letzten Wochen heimlich in ihrem Zimmer getrieben hatte.

Jenny ging in die Hocke und steckte den Stecker in die Steckdose für die Wärmplatte. «Pass auf, Natascha, du musst das Papier genau in dem Augenblick abnehmen, wenn ich anknipse, sonst kann es Feuer fangen.»

«Lieber Himmel», sorgte sich Granny, «es ist doch nicht etwa ein Vulkan?»

«Jetzt!», sagte Jenny und knipste das Licht an. Rasch nahm Natascha den Kaffeewärmer ab, und da stand das Geschenk in seiner ganzen Pracht. Mit Lämpchen, die den Glitzer strahlen ließen, vom Spiegelteich zurückgeworfen wurden und die Röckchen aus Satinband der winzigen Ballerinen zum Schimmern brachten.

Eine Zeit lang herrschte völlige Stille. Dann sagte Natascha: «Einfach nicht zu fassen», und alle fielen lauthals ein.

«Oh, Kind! So was Ausgefallenes aber auch. Wirklich das Hübscheste …»

«Hat man je so was Bezauberndes gesehen …»

«Dafür wolltest du also die Weinkiste haben.»

Sie standen auf, wollten alles sehen, traten zurück und staunten und wunderten sich. Wirklich, ein dankbares Publikum. Und Natascha selber fand keine Worte. Schließlich drehte sie sich um und nahm ihre Schwester in den Arm. «… das gebe ich nie im Leben mehr her.»

«Es ist kein richtiges Ballett. Ich meine, nicht *La fille real gardée* oder so.»

«Mir gefällt es so besser. Mein Winterballett, das mir ganz allein gehört. Einfach Spitze. Danke, Jenny. Danke.»

Gegen vier Uhr war das weihnachtliche Festmahl verspeist und die Küche in Ordnung gebracht. Weihnachten war vorbei – bis zum nächsten Jahr. Sie hatten die Knallbonbons gezogen, die Nüsse geknackt. Jennys Eltern und ihre Großmutter saßen im Wohnzimmer und tranken Kaffee, ehe sie sich ein wenig Bewegung in der frischen Luft machten, was auch nötig war. Natascha war schon mit ihren Schlittschuhen fort.

«Mach schon, Jenny. Ich bin fertig», hatte sie nach oben gerufen.

«Bin gleich da.»

«Was treibst du denn noch?»

Jenny hockte auf ihrem Bett. «Nur ein bisschen aufräumen.»

«Soll ich warten?»

«Nein. Bin gleich da.»

«Ehrenwort?»

«Ja. Ehrenwort. Ich komme.»

«Na gut, Bis gleich!»

Die Tür knallte zu, sie war weg, lief den Gartenweg entlang zur Pforte. Jenny war allein. Sie hatte Schlittschuhe geschenkt bekommen, aber die hätte sie lieber nicht gehabt, denn sie konnte nicht Schlittschuh laufen. Nicht dass sie nicht wollte, aber sie hatte Angst. Weniger vor dem Hinfallen und den blauen Flecken, sondern eher davor, dass sie sich blamierte, dass die anderen sie auslachten, dass sie nach Hause gehen und eingestehen müsste, sie wäre wie üblich eine totale Niete.

‹Ich möchte wie Natascha sein›, dachte sie. Wusste aber, das war nicht möglich, weil sie nie wie Natascha sein würde. ‹Ich möchte übers Eis schweben und langes blondes Haar und lange schlanke Beine haben, dann bewundern mich alle und wollen mit mir Schlittschuh laufen.›

Aber wenn sie wieder und wieder hinfiel, würden alle sagen *Ach, Jenny, du Ärmste. So ein Pech aber auch. Probier's doch nochmal.*

Sie hätte ihre Seele verkauft, wenn sie hätte hier bleiben, sich auf dem Bett zusammenrollen und das neue Buch hätte lesen können, das ihr Natascha geschenkt hatte. Aber sie hatte ihr Ehrenwort gegeben. Sie nahm also die Schlittschuhe, verließ ihr Zimmer und ging die Treppe hinunter, ganz langsam, Stufe um Stufe, so als ob sie gerade das Gehen gelernt hätte.

Im Wohnzimmer unterhielt man sich. Grannys Stimme war ganz deutlich durch die geschlossene Tür zu hören.

«… so ein begabtes Kind. Wie viele Stunden sie wohl gebraucht hat, bis dieses kleine Meisterwerk fertig war. Und die Gedanken, die Phantasie, die sie hineingesteckt hat.»

«Sie war schon immer geschickt mit den Händen. Kreativ.» Das war Vater. Und man redete über sie. «Vielleicht wäre sie besser ein Junge geworden.»

«Also wirklich, John, wie kannst du nur so was sagen!» Granny hörte sich richtig ärgerlich an. «Dürfen Mädchen keine geschickten Hände haben?»

«Komisch …» Das war Jennys Mutter, und sie hörte sich nachdenklich an, «dass zwei Töchter so verschieden sein können. Natascha fällt alles in den Schoß. Und Jenny …» Sie verstummte.

«Natascha fällt alles in den Schoß, was sie gern tut.» Wieder Granny, jetzt ganz lebhaft. «Jenny ist nicht Natascha. Sie ist ganz anders. Ich glaube, das solltet ihr respektieren und sie anders anfassen. Schließlich sind sie keine eineiigen Zwillinge. Warum muss Jenny tanzen, nur weil sich Natascha schon als künftige Ballerina sieht? Warum muss sie überhaupt Ballettunterricht haben? Ich finde, ihr solltet die Begabungen fördern, die sie wirklich hat.»

«Was meinst du damit, Mutter?»

«Ich habe ihr zugehört, als wir gestern Abend Weihnachtslieder gesungen haben. Da war kein falscher Ton dabei. Ich halte sie für musikalisch. Seltsam, dass sie in der Schule noch nicht darauf gekommen sind. Habt ihr mal an Klavierunterricht gedacht?»

Eine lange Pause, dann sagte Jennys Vater: «Nein.» Das klang nicht böse, sondern eher, als ob ihm die Idee noch nie gekommen wäre und er gar nicht wüsste, wieso eigentlich nicht.

«Beim Tanzen wird sie es nie weiter bringen, als mit einem Tamburin herumzuhopsen. Gebt ihr Klavierunterricht, und ihr werdet euer blaues Wunder erleben.»

«Und du meinst, das würde ihr Spaß machen? Du meinst, sie ist begabt?»

«Ein so begabtes Kind kann alles, wenn es mit dem Herzen bei der Sache ist. Sie braucht nur Zutrauen. Ich glaube, wenn ihr sie anders anfasst, wird sie uns noch alle in Erstaunen versetzen.»

Die Stimmen verstummten. Gleich würde ihre Mutter die leeren Kaffeetassen aufs Tablett stellen. Jenny wollte nicht entdeckt werden, und so schlich sie die letzten Stufen auf Zehenspitzen hinunter und schlüpfte geräuschlos aus der Haustür. Dann lief sie den Weg entlang und zur Pforte hinaus. Sie blieb stehen.

Habt ihr mal an Klavierunterricht gedacht? Gebt ihr Klavierunterricht.

Kein Ballettunterricht mehr. Nur sie selbst, sie ganz allein, sie würde Musik machen.

Ein so begabtes Kind kann alles, wenn es mit dem Herzen bei der Sache ist.

Wenn Granny ihr das zutraute, dann schaffte sie es vielleicht auch. Und sie hatte für Jennys Schlittschuhe keine Mühe und Kosten gescheut. Da musste sie es wenigstens noch einmal versuchen.

Die Sonne wollte orangefarben hinter dem Hügelkamm

untergehen. Von fern konnte sie in der frostigen Stille des Weihnachtstages das Lachen und die Stimmen auf dem Dorfplatz hören. Sie setzte sich in Bewegung.

Als sie hinkam, hielt sie nicht Ausschau nach Natascha. Sie wusste, was sie tun musste, und das wollte sie allein ausprobieren.

«Hallo, Jenny. Fröhliche Weihnachten!»

Eine Schulfreundin mit Schlitten. Jenny lieh sich den Schlitten von ihr und setzte sich. Sie zog die Gummistiefel aus und stieg in die schönen, neuen weißen Schlittschuhstiefel. Sie fühlten sich weich und schmiegsam an, und als sie sie zuschnürte, schmiegten sie sich um ihre Knöchel wie alte Freunde. Sie stellte sich auf das gefrorene Gras und ging ein paar Schritte. Nichts wackelte. Sie betrat das Eis. Erinnerte sich an Nataschas Anweisungen: ‹Füße in die dritte Position und abstoßen.› Ein bisschen wacklig stand sie zwar, aber sie hielt das Gleichgewicht. Jetzt. Dritte Position. Tief Luft holen. Nur Mut. Sie konnte alles, wenn sie mit dem Herzen bei der Sache war. Abstoßen. Gut. Jetzt den anderen Fuß …

Es klappte! Sie glitt. Sie stürzte nicht, und sie musste auch nicht mit den Armen wedeln. Eins und zwei. Eins und zwei. Sie lief Schlittschuh.

«Es geht ja! Du hast es kapiert!» Auf einmal war Natascha neben ihr. «Nein, nicht mich ansehen, konzentrier dich. Nicht vornüber beugen. Da, nimm meine Hand, wir laufen zusammen. Gut gemacht! Du weißt also noch, was ich dir gesagt habe. Ist doch ganz leicht. Der einzige Grund, warum es bislang nicht geklappt hat, waren die blöden alten Stiefel …»

Sie liefen zusammen. Zwei Schwestern, Hand in Hand, und die eisige Luft stach ihnen in die Wangen. Schwebten übers Eis. Ihr war zumute, als hätte sie Flügel an den Füßen. Die Sonne war untergegangen, doch weit im Osten hing schmal wie ein Lid die Sichel des Neumonds.

«Dein Geschenk war das beste von allen», sagte Natascha. «Was war dein bestes Geschenk?»

Aber das konnte Jenny ihr nicht erzählen. Zum einen fehlte ihr die Luft, zum anderen wusste sie es selber nicht so genau. Sie wusste nur, dass es nicht in einem Päckchen mit Weihnachtspapier gesteckt hatte und dass es etwas war, was sie ihr Leben lang behalten konnte.

Ein Schneespaziergang

Antonia wachte im Dunkeln auf, und schlaftrunken wie sie war, dachte sie anfangs, sie befände sich in ihrer Wohnung in London. Doch dann merkte sie: Kein Verkehrslärm, kein bleiches Licht, das sich durch Vorhänge stahl, die sich nie richtig schließen lassen wollten, keine bis zu beiden Ohren hochgezogene Daunendecke. Stattdessen Dunkelheit, Stille, Eiseskälte. Festgesteckte Leinenlaken. Lavendelduft. Und da wusste sie, es war ein Samstagmorgen Ende Januar, und sie war nicht in London, sondern übers Wochenende zu Hause, auf dem Lande.

Ihre Mutter hatte sich etwas überrascht angehört, als sie ihren Besuch am Telefon angekündigt hatte.

«Schätzchen, wie schön, dass du kommen willst.» Mrs. Ramsay freute sich immer unheimlich, wenn Antonia nach Haus kam. «Aber wird dir das nicht furchtbar langweilig? Hier ist nichts los, und das Wetter ist einfach grässlich. Stürmisch und eiskalt. Sollte mich nicht wundern, wenn wir Schnee bekommen.»

«Ist mir egal.» Ohne David war alles egal. Sie wusste nur eines, ein Wochenende allein in London, das hielt sie nicht aus. «Ich nehme den Zug, wenn Dad mich vom Bahnhof abholen kann.»

«Aber natürlich doch … die übliche Zeit, ja? Ich sause gleich nach oben und mache dein Bett.»

Mit dem Wetter sollte Mrs. Ramsay Recht behalten. Es fing an zu schneien, kaum dass der Zug Paddington Station verlassen hatte und dem platten Land zustrebte. Als sie in Cheltenham ankamen, lag der Schnee bereits fünf Zentimeter hoch, und Antonias Vater, der sie abholte, hatte Gummistiefel und einen uralten Tweedmantel mit Kaninchenfutter an, der einst seinem Großvater gehört hatte und nur bei Sauwetter zum Einsatz kam.

Die Heimfahrt war heikel, da die Spurrillen im Schnee vereist waren und sie gelegentlich ins Schleudern kamen, und als sie endlich wohlbehalten das Haus erreichten, da saßen sie beim Abendessen auf einmal im Dunkeln. Antonias Vater zündete Kerzen an und telefonierte mit dem E-Werk, und man sagte ihm, das Hauptkabel wäre nicht in Ordnung, doch in diesem Augenblick würde sich eine Reparaturmannschaft auf die Suche nach dem Fehler machen. Und so hatten sie den Abend bei Kerzenschimmer und Feuerschein über schwierigen Kreuzworträtseln verbracht. Gott sei Dank bullerte der Herd heimelig, ließ sie nicht im Stich, sodass sie sich Wasser für Wärmflaschen und einen Schlummertrunk heiß machen konnten.

Und jetzt, am nächsten Morgen … immer noch Dunkelheit, Stille und Kälte. Antonia streckte eine verfrorene Hand aus, wollte die Nachttischlampe anknipsen, Fehlanzeige. Da half nur eines, sie musste sich aufsetzen, nach Streichhölzern tasten und den Kerzenstummel anzünden, der sie ans Bett begleitet hatte. Nicht zu fassen, aber im matten Kerzenschein sah sie, dass es nach neun Uhr war. Sie nahm allen Mut zusammen, schlug die Bettdecke zurück und wagte sich in die Eiseskälte. Als sie die Vorhänge aufzog, sah sie den weißen Schnee, vor dem sich die schwarzen Äste in der grauen Düsternis wie mit Kohle gezeichnet ausnahmen, denn die Sonne ließ sich nicht blicken. Ein Kaninchen war quer über den verschneiten Rasen gehoppelt und hatte Fährten hinterlassen, die wie Nähmaschinenstiche aussahen. Zitternd zog sich Antonia die wärmsten Kleidungsstücke an, die sie auftreiben konnte, bürstete sich bei Kerzenschein das Haar, putzte sich die Zähne und ging nach unten.

Das Haus wirkte verlassen. Kein Laut störte die Stille. Keine Waschmaschine, kein Geschirrspüler, kein Staubsauger, kein Bohnerbesen. Aber jemand hatte im Kamin der Diele ein Kohlenfeuer angezündet, das flackerte einladend und roch so gemütlich.

Auf der Suche nach Gesellschaft ging Antonia in die Küche, wo es vergleichsweise warm war; und dort traf sie auch ihre Mutter an, die saß am Küchentisch, auf dem sie Zeitungspapier ausgebreitet hatte, und wollte sich gerade daranmachen, ein Paar Fasane zu rupfen, eine langweilige Arbeit. Als Antonia hereinkam, blickte sie auf, eine kleine und schlanke Frau mit einem Schopf lockiger grauer Haare.

«Kind! Ist das nicht furchtbar! Immer noch kein Strom. Hast du gut geschlafen?»

«Bis eben. Es ist so dunkel und so ruhig. Wie am Nordpol. Ob ich wohl nach London zurückkomme?»

«Aber ja doch. Wir haben den Wetterbericht gehört, das Schlimmste scheint vorüber zu sein. Mach dir Frühstück.»

«Ich will bloß etwas Kaffee ...» Sie goss sich einen Becher aus einer Kanne ein, die hinten auf dem Herd stand.

«Bei solch einem Wetter sollte man anständig frühstücken. Isst du auch wirklich genug? Du bist furchtbar dünn.»

«Das macht das Leben in London. Aber sei bitte nicht so eine Glucke wie andere Mütter.» Sie machte den Kühlschrank auf, wollte sich Milch holen; komisch, wenn das Licht nicht anging. «Sonst keiner da?»

«Mrs. Hawkins ist eingeschneit. Sie hat vor gut einer Stunde angerufen. Sie kriegt nicht mal ihr Fahrrad aus dem Schuppen. Ich habe ihr gesagt, sie soll ruhig zu Hause bleiben, ohne Strom kann sie hier sowieso nicht viel machen.»

«Und Dad?»

«Der ist zum Nachbarhof rüber und will Milch und Eier holen. Er musste zu Fuß gehen, weil der Sturm gestern eine von Dixons Buchen umgeblasen hat, die blockiert den Feldweg. War es in London auch so windig?»

«Ja, aber in London ist das irgendwie anders. Der Wind ist nur schneidend kalt und bläst einem Abfall und anderen Unrat um die Ohren. Man kommt gar nicht auf die Idee, dass er auch Bäume umwehen kann.» Sie setzte sich an den Tisch und sah ihrer Mutter zu, wie sie mit flinken Händen rupfte. Weiche graue und braune Federn schwebten durch den Raum. «Warum rupfst du die Fasane? Ich dachte, Dad nimmt dir das immer ab.»

«Ja, normalerweise schon, und es soll sie ja heute Abend zum Abendessen geben, aber als er weg war und ich das Frühstücksgeschirr abgewaschen hatte, da wusste ich einfach nicht, was ich tun sollte. Ohne Elektrizität, meine ich. Blieb nur Fasanerupfen oder Silberpolieren, und Silber poliere ich so ungern, dass ich mich für die Fasane entschieden habe.»

Antonia stellte ihren Becher hin und griff nach dem Hahn. «Ich helfe dir.» Sein Körper war kalt und fest, und die Federn auf seiner fleischigen Brust fühlten sich dicht und flaumig an. Die an seinem Hals waren blau wie Pfauenaugen und leuchteten wie Edelsteine.

Sie hielt den Vogel hoch und spreizte seine Schwingen wie einen Fächer. «Ich habe immer ein schlechtes Gewissen, wenn jemand ein so schönes Geschöpf schießt.»

«Ich weiß, ich auch. Darum macht dein Vater das ja auch für mich. Und doch hat das Geflügelrupfen etwas beruhigend Zeitloses an sich. Man denkt dabei an Generationen von Landfrauen, die genau das hier getan, das heißt in ihrer Küche gesessen und sich mit ihren Töchtern unterhalten haben. Und vermutlich die Flaumfedern für Kopfkissen und Daunendecken zurückbehalten haben. Jedenfalls dürfen wir nicht sentimental werden. Die armen Vögel sind schon tot, und vergiss nicht, wie köstlich gebratener Fasan zum Abendessen schmeckt. Ich habe die Dixons und Tom dazu gebeten.» Sie hob einen großen Müllbeutel aus Plastik auf und schob die ersten Federn hinein. «Ich wusste nicht recht», fuhr sie bemüht beiläufig fort, «ob David auch mitkommt.»

David. Mrs. Ramsay war eine gute Beobachterin, und Antonia wusste, dass dieser behutsame Vorstoß einer Aufforderung gleichkam, sich ihr anzuvertrauen. Aber irgendwie konnte Antonia nicht über David sprechen. Sie war an diesem Wochenende nach Hause gekommen, weil sie einsam und schrecklich unglücklich war, aber darüber zu sprechen, nein, das schaffte sie nicht.

Es hatte schon seinen Grund, warum sein Name so leicht in die Unterhaltung eingeflossen war. David und Tom Dixon waren nämlich Brüder, und die Ramsays und die Dixons waren ihr Leben lang Freunde und Nachbarn gewesen. Mr. Dixon bewirtschaftete seinen Hof, und Mr. Ramsay leitete die Bank am Ort, und in jeder freien Minute spielten sie zusammen Golf, und zuweilen setzten sie sich eine Woche zum Angeln ab. Mrs. Ramsay und Mrs. Dixon waren auch gute Freundinnen, treue Anhängerinnen des Landfrauenvereins und Mitglieder im gleichen kleinen Bridgeclub. Tom, der ältere Bruder, bewirtschaftete inzwischen den Hof mit seinem Vater. Antonia war er immer sehr erwachsen und reserviert vorgekommen, jemand, auf den Verlass war, der beim Fahrradflicken und Flößebauen nützlich war, aber nie ein dicker Freund. Nicht wie David. David und Antonia, ein Paar, das nichts als ein paar Jahre trennte, sonst waren sie unzertrennlich.

Wie Bruder und Schwester, hatten alle gesagt, aber es war mehr als das. Für Antonia hatte es immer nur David gegeben. Als sie aufs Internat geschickt wurden, die Universität besuchten, ihre Wege sich trennten und ihr Lebenskreis größer wurde, hatten natürlich alle erwartet, dass aus ihrer gegenseitigen Zuneigung schlichte Freundschaft werden würde, doch irgendwie war das genaue Gegenteil eingetreten. Die Trennung hatte ihre Zuneigung nur angefacht, sodass jedes Wiedersehen, jedes Zusammensein noch schöner und aufregender war als das vorherige. Andere Jungs und später andere Männer ließ Antonia kalt ablaufen, denn sie kamen ihr im Vergleich zu David langweilig oder unansehnlich oder so anspruchsvoll vor, dass es sie schüttelte.

David war das Maß aller Dinge. Er brachte sie zum Lachen. Mit David konnte sie über alles reden, weil sie alles Wichtige im Leben mit David geteilt hatte, und wenn nicht, dann wusste er auch so Bescheid.

Und zu allem Überfluss sah auch keiner so gut aus wie er: Der hübsche Junge hatte sich ohne die unangenehmen Zwischenstadien zu einem attraktiven Mann gemausert. David fiel alles leicht. Freunde gewinnen, Sport, Examen bestehen, einen Studienplatz erringen, eine Stelle finden.

«Ich komme nach London», hatte er gesagt.

Antonia war bereits ein Jahr dort, arbeitete für den Inhaber einer Buchhandlung in der Walton Street und teilte sich eine Wohnung mit einer alten Schulfreundin.

«David, wie schön!»

«Hab einen Job bei Sandberg Harpers erwischt.»

Sie hatte in Angst und Schrecken gelebt, er könnte ins Ausland oder ganz in den Norden Schottlands oder an einen so abgelegenen Ort gehen, dass sie ihn nie wieder sehen würde. Jetzt konnten sie alles zusammen machen. Vor ihrem inneren Auge sah sie bereits intime Diners beim Italiener, Bootsfahrten auf dem Fluss, die Tate Gallery an strahlenden kalten Winternachmittagen. «Hast du schon eine Wohnung?»

«Ich kann bei Nigel Crawston unterkommen, er wohnt im Haus seiner Mutter, in Pelham Crescent. Er sagt, ich kann die Mansarde haben.»

Antonia kannte Nigel Crawston nicht, aber als sie das erste Mal bei ihm ins Haus kam, hatte sie gleich ein ungutes Gefühl gehabt – Nigel war ein so weltläufiger junger Mann und das Haus so schön, dass zwischen ihm und Antonias kleiner Wohnung Welten lagen. Es war ein richtiges Haus für Erwachsene und voll mit schönen Dingen, und Davids Mansarde stellte sich als abgeschlossene Wohnung mit einem Badezimmer heraus, das wie eine Reklame für kostspielige Installationen wirkte.

Und als ob das nicht genug gewesen wäre, hatte Nigel auch noch eine Schwester. Sie hieß Samantha, und sie benutzte das Haus als eine Art Absteige zwischen Ski-Urlauben in der Schweiz oder Besuchen bei Freunden auf einer Yacht im Mittelmeer. Die Crawstons gehörten zu diesen Kreisen. Manchmal nahm Samantha, wenn sie länger in London weilte, irgendeinen anspruchslosen Job an, nur um die Zeit totzuschlagen, doch fraglos musste sie ihren Lebensunterhalt nicht damit verdienen. Dazu war sie noch unausstehlich attraktiv, dünn wie eine Bohnenstange und hatte langes, glattes blondes Haar, das immer wie frisch vom Friseur wirkte.

Antonia gab sich alle Mühe, aber sie kam mit den Crawstons nicht zurecht. Einmal gingen sie alle zusammen zum Abendessen aus, in ein so teures Restaurant, dass sie den Anblick, wie David seinen Teil der Rechnung hinblätterte, einfach unerträglich fand.

Hinterher sagte sie: «Du solltest mich nicht in solche Lokale ausführen. Ein Essen da hat dich mindestens ein Wochengehalt gekostet.»

Er ärgerte sich. «Was geht das dich an?»

So hatte er noch nie geredet, und Antonia war zumute, als hätte er sie geohrfeigt. «Es ist bloß … na ja, irgendwie Verschwendung.»

«Eine Verschwendung von was?»

«Von Geld, oder?»

«Wie ich mein Geld ausgebe, das ist meine Sache. Deine Meinung interessiert mich nicht.»

«Aber …»

«Halt dich bitte raus, ja?»

Es war ihr erster richtiger Krach. An diesem Abend hatte sie sich in den Schlaf geweint, scheußlich, wie albern sie sich aufgeführt hatte. Am nächsten Morgen hatte sie ihn im Büro angerufen, wollte sich entschuldigen, aber das Mädchen in der Telefonzentrale hatte gesagt, er wäre nicht zu sprechen, und später brachte Antonia nicht mehr den Mut auf, und es dauerte fast fünf Tage, bis David wieder anrief.

Sie versöhnten sich, und Antonia redete sich ein, es wäre alles wieder wie früher, aber im tiefsten Herzen wusste sie, dass es nicht stimmte. Weihnachten fuhren sie beide in Davids Auto nach Gloucestershire, auf dem Rücksitz einen Stapel Geschenke für ihre beiden Familien. Aber selbst Weihnachten hatte seine Probleme. Herkömmlicherweise verlobt man sich an den Festtagen; und jetzt bekam Antonia zum ersten Mal zu spüren, dass Freunde und Familie irgendeine Ankündigung erwarteten. Ein, zwei reizende Damen, die Pastorsfrau und Mrs. Trumper aus der Villa, konnten sich denn auch ein paar neckische Anspielungen nicht verkneifen, unterschwellig zwar, aber unverkennbar. Antonia mit ihrer mimosenhaften Empfindlichkeit bildete sich ein, dass ihr forschender Blick zu ihrer linken Hand wanderte, wo die Damen einen riesigen Diamanten zu erspähen hofften. Es war furchtbar. Früher hätte sie sich David anvertraut, und sie hätten darüber lachen können, aber irgendwie ging das nicht mehr.

Seltsamerweise war es Tom, der ihr zu Hilfe kam. Tom, der ganz gegen seine Art plötzlich eine Party in seiner Scheune geben wollte. Sie sollte am Abend des zweiten Weihnachtstages steigen, und er mietete eine Disco und lud alle jungen Leute aus der Nachbarschaft ein. Tanz und Spaß dauerten bis fünf Uhr morgens und machten einen solchen Wirbel, dass sich alle nicht länger über Antonia und David den Kopf zerbrachen, sondern stattdessen die Party ausgiebig durchhechelten. Nachdem der Druck von ihr genommen war, lief alles viel leichter, und nach den Festtagen kehrten sie und David nach London zurück.

Nichts hatte sich geändert; nichts war entschieden; nichts war diskutiert worden, aber sie wollte es auch nicht anders. Sie wollte ihn einfach nicht verlieren. Er hatte so lange zu ihrem Leben gehört, dass ihn verlieren bedeutete, einen Teil ihrer selbst zu verlieren, und der Gedanke erfüllte sie mit solchem Entsetzen, dass sie ihn einfach verdrängen musste. Es war beschämend, aber sie wollte einfach nicht wahrhaben, dass so etwas passieren könnte.

Doch David war stärker als sie. Eines Abends, kurz nach Weihnachten, rief er an und lud sich zum Abendessen bei ihr ein. Antonias Mitbewohnerin verzog sich taktvoll, und Antonia machte Spaghetti Bolognese und ging noch schnell um die Ecke und holte in einem Spirituosengeschäft eine nicht zu teure Flasche Wein. Als es klingelte, rannte sie die Treppe hinunter, um ihn einzulassen, doch kaum sah sie sein Gesicht, da war es mit der Selbstbeherrschung und all den grundlosen Hoffnungen vorbei, und sie wusste, er hatte schlechte Nachrichten für sie.

David.

Ich wusste nicht recht, ob David auch mitkommt.

Antonia rupfte jetzt die Brustfedern des Hahns.

«Nein … er bleibt dieses Wochenende in London.»

«Na schön», sagte ihre Mutter gelassen. «Es hätte sowieso nicht für alle gereicht.» Sie lächelte. «Das heute», fuhr sie fort, «so ohne Strom und auf sich selbst gestellt, das erinnert mich sehr an meine Kindheit. Ich habe hier gesessen und in Erinnerungen geschwelgt.»

Mrs. Ramsay war als eines von fünf Kindern in einer abgelegenen Gegend von Wales aufgewachsen. Ihre Mutter, Antonias Großmutter, lebte immer noch dort, unabhängig und drahtig, hielt sich Hühner, kochte Obst ein, grub ihren Gemüsegarten um, und wenn Dunkelheit oder schlechtes Wetter sie zwangen, ins Haus zu gehen, strickte sie allen Enkelkindern große Pullover mit Knubbeln. Besuche bei ihr waren stets ein Fest und eine Art Abenteuer. Nie wusste man, was als Nächstes passieren würde, und die alte Dame hatte ihrer Tochter viel von ihrer Lebenslust und ihrem Lebensmut vererbt. «Erzähl doch», sagte Antonia, zum einen, weil sie neugierig war, zum andern, weil sie vom Thema David ablenken wollte.

Mrs. Ramsay schüttelte den Kopf. «Ich weiß auch nicht, wie das kommt. Vielleicht machen das die Haushaltsgeräte und die ganze arbeitssparende Technik, die nicht mehr funktionieren. Oder der Geruch nach Kohlenfeuer und die Kälte in den Schlafzimmern. Wir hatten einen Herd in der Küche, auf dem machten wir auch das Badewasser heiß, aber die ganze Wäsche musste einmal die Woche in einem riesigen Kessel in der Waschküche gewaschen werden. Da mussten alle mithelfen, mussten reihenweise Laken aufhängen, und wenn sie trocken waren, haben wir sie abwechselnd gebügelt. Und im Winter war es so kalt, dass wir uns alle im Bügelzimmer angezogen haben, weil es da wenigstens ein bisschen warm war.»

«Aber Großmutter hat doch jetzt Elektrizität?»

«Ja, aber es hat lange gedauert, bis sie das Dorf angeschlossen haben. Die Hauptstraße hatte Straßenbeleuchtung, doch nach dem letzten Haus war Schluss damit. Ich hatte eine Busenfreundin, die Pastorentochter, und wenn ich bei ihr zum Tee war, musste ich immer allein nach Hause gehen. Meistens hat das mir nichts ausgemacht, aber manchmal war es dunkel und windig und nass, und dann hatte ich Angst vor Gespenstern und bin nach Haus gerannt, als wären mir Ungeheuer auf den Fersen. Mutter hat gewusst, dass ich Angst hatte, aber sie hat gesagt, ich müsse lernen, eigenständig zu werden. Und als ich gejammert habe wegen der Gespenster und der Ungeheuer, da hat sie gesagt, der Trick ist, man geht langsam und sieht zu den Bäumen und dem unendlichen Himmel hoch. Dann, hat sie gesagt, würde ich schon merken, wie winzig klein ich bin und wie albern und nichtig meine kleinen Ängste wären. Und ob du es glaubst oder nicht, es hat funktioniert.»

Beim Reden hatte sie sich auf ihre Arbeit konzentriert, aber jetzt blickte sie auf und sah über den Tisch voller Federn hinweg ihre Tochter an, und ihre Blicke trafen sich. Sie sagte: «Das mache ich immer noch. Wenn ich unglücklich bin oder Sorgen habe. Ich gehe nach draußen, irgendwohin, wo es friedlich und ruhig ist, und blicke zu den Bäumen und zum Himmel hoch. Und nach einem Weilchen geht es mir besser. Das klappt wahrscheinlich, weil man dann alles wieder im rechten Licht, im richtigen Verhältnis sieht.»

Im richtigen Verhältnis. Antonia merkte, ihre Mutter wusste, dass es zwischen ihr und David ganz und gar nicht stimmte. Sie wusste es und bot ihr keinerlei Trost an. Nur einen Rat. Stell dich den Gespenstern der Einsamkeit, den

Ungeheuern der Eifersucht und des Gekränktseins. Sei eigenständig. Und lauf nicht weg.

Nachmittags war der Strom immer noch nicht da. Als sie das Geschirr vom Mittagessen abgewaschen und weggeräumt hatten, zog sich Antonia Stiefel und einen Lammfellmantel an und brachte den alten Spaniel ihres Vaters dazu, mit ihr vor die Tür zu gehen. Der Hund, der sich schon Bewegung gemacht hatte, zeigte wenig Lust, seinen Platz am Feuer aufzugeben, aber als er erst einmal draußen war, führte er sich auf wie ein Welpe, sprang durch den Schnee und jagte verlockenden Kaninchenfährten nach.

Der Schnee lag hoch, und der Himmel hing so tief und grau wie eh und je; die Luft war ruhig und die Landschaft verschneit und still. Antonia folgte dem Pfad, der den Hügel hinter ihrem Haus hoch führte. Ab und zu hörte man Flügelschlagen, wenn ein aufgestörter Fasan einen Warnruf ausstieß, aufstob und durch die Bäume davonrauschte. Sie blieb stehen, denn ihr war kalt, aber als sie die Hügelkuppe erreichte, war ihr so warm vom Aufstieg, dass sie einen Baumstumpf von Schnee frei räumte und sich hinsetzte und die große Weite der vertrauten Ansicht genoss.

Das Tal schlängelte sich bis zu den Hügeln hin. Sie sah weiße Felder, kahle Bäume, den silbrigen Fluss. Weit unten lag das Dorf, lichtlos durch den Stromausfall drängte es sich um die einzige Straße; senkrecht stieg der Rauch der Schornsteine in die reglose Luft. Eine überwältigende Stille, die nur ab und zu durch das Jaulen einer Kettensäge unterbrochen wurde, sonst kristallene Stille. Wahrscheinlich Tom Dixon und einer der Landarbeiter, die immer noch mit der umgefallenen Buche beschäftigt waren.

Der Hügel senkte sich sacht zum Wald hin. Auf diesem

Hügel hatten sie und David als Kinder gerodelt; in dem Wald hatten sie im Sommer ein Lagerfeuer gemacht und Kartoffeln in der Asche gebacken. An der Biegung des Flusses, auf dem Land der Dixons, hatten sie Forellen geangelt und an heißen Tagen in dem klaren, seichten Wasser gebadet. Überall in dieser kleinen Welt lauerten Erinnerungen an David.

David. Dieser letzte Abend: «Soll das heißen, du willst mich nicht mehr sehen?» Zornig und gekränkt war sie am Ende damit herausgeplatzt.

«Ach, Antonia, ich bin nur ehrlich. Ich möchte dir nicht wehtun. Aber ich kann nicht mehr so tun als ob. Ich kann dich nicht belügen. So geht es nicht weiter. Es ist für beide Seiten nicht fair, und auch nicht fair unseren Familien gegenüber.»

«Dann bist du also in Samantha verliebt?»

«Ich bin in niemand verliebt. Das möchte ich gar nicht. Ich möchte noch nicht häuslich werden. Ich möchte mich noch nicht binden. Ich bin zweiundzwanzig, und du bist zwanzig. Lass uns lernen, ohne einander zu leben und eigenständig zu werden.»

«Ich bin eigenständig.»

«Nein, das bist du nicht. Du bist ein Teil von mir. Irgendwie klammern wir zu sehr. Das ist gut und schlecht zugleich, weil bislang nämlich keiner von uns beiden frei gewesen ist.»

Frei. Er hatte es frei genannt, aber für Antonia bedeutete es allein. Andererseits aber konnte man nicht eigenständig sein, ehe man nicht gelernt hatte, allein mit sich zurande zu kommen, und das hatte ihre Mutter ihr sagen wollen. Sie legte den Kopf zurück und sah durch die dunklen, winterlichen Zweige der Bäume über sich zum grauen und wenig trostspendenden Himmel hoch.

Wir können, wo wir lieben, ja nur eins, einander lassen. Hatte das jemand vor langer Zeit zu ihr gesagt – nein, sie hatte es irgendwo gelesen. Woher die Weisheit stammte, das hatte sie vergessen, doch nicht die Worte, die ihr so jäh mir nichts, dir nichts wieder gegenwärtig waren. Wenn sie David so liebte, dass sie ihn loslassen konnte, dann würde sie ihn nicht völlig verlieren. Und sie hatte schon so viel von ihm gehabt … es wäre gierig, nach mehr zu verlangen.

Außerdem – erstaunlich und irgendwie erschreckend, dass sie trotz allem einen so klaren Kopf behalten hatte – wollte sie genauso wenig heiraten wie er. Sie wollte sich nicht verloben, Hochzeit feiern, ein Nest bauen. Die Welt ging weit über dieses Tal, über London, über die Grenzen ihrer Phantasie hinaus. Die Welt wartete da draußen auf sie voller Menschen, die sie noch nicht kennen gelernt hatte, und voller Dinge, die sie noch tun musste. David hatte das gewusst. Das hatte er ihr sagen wollen.

Im rechten Verhältnis. Im richtigen Licht. Wenn man das erst geschafft hatte, dann sah alles nicht mehr ganz so trostlos aus. Eher zeigte sich eine Reihe von interessanten Perspektiven. Vielleicht hatte sie zu lange in der Buchhandlung gearbeitet. Vielleicht war es Zeit weiterzuziehen – sogar ins Ausland zu gehen. Warum kochte sie nicht einfach auf einer Yacht im Mittelmeer oder beaufsichtigte ein Kind in Paris und lernte fließend Französisch parlieren oder …

Eine kalte Schnauze schnupperte an ihrer Hand. Sie blickte nach unten, und da sah sie der alte Hund vorwurfsvoll an, sagte mit großen braunen Augen, ich habe es satt, im Schnee zu sitzen, lass uns weitergehen, lass uns Kaninchen jagen. Antonia merkte, dass ihr auch kalt geworden war. Sie stand auf und machte sich auf den Heimweg, nicht auf dem gleichen Weg, sondern querfeldein durch den Schnee zum Wald. Nach einer Weile fing sie an zu laufen, nicht nur weil sie fror, sondern weil ihr so leicht ums Herz war wie zu Kinderzeiten.

Sie gelangte zum Wald und schlug den Weg ein, der zum Hof der Dixons führte. Sie kam zu der Lichtung, wo die Buche umgefallen war. Die Kettensäge hatte den dicken Stamm schon zerteilt, doch noch sah es wüst aus, roch nach frisch gesägtem Holz, und das glimmende Feuer duftete nach brennendem Holz. Kein Mensch war zu sehen, doch wie sie so dastand und um den schönen Baum trauerte, da hörte sie auf dem Weg vom Hof her einen Traktor kommen, und im nächsten Augenblick bog er schon mit Tom am Steuer um die Ecke. Als er die Lichtung erreicht hatte, stellte Tom den Motor aus und kletterte aus der Kabine. Er hatte Latzhosen, einen alten Pullover und eine gefütterte Jacke an und war trotz der Kälte barhäuptig.

«Antonia!»

«Hallo, Tom.»

«Was tust du hier?»

«Bin ein bisschen spazieren gegangen. Ich konnte die Säge hören.»

«Wir haben fast den ganzen Nachmittag dazu gebraucht.»

Er war älter als David und weder so groß noch so gut aussehend. Sein wettergebräuntes Gesicht lächelte nicht oft, doch seine lustigen, hellen Augen, die nur so vor Lachen funkeln konnten, straften sein ernstes Aussehen Lügen. «Das Schlimmste ist geschafft.» Er ging zu dem schwelenden Feuer und trat nach der grauen Asche, wollte sie anfachen. «Wenigstens brauchen wir uns jetzt ein, zwei Monate nicht um Feuerholz zu sorgen. Und wie geht's dir?»

«Gut.»

Er blickte hoch, und ihre Blicke trafen sich über den Flämmchen und dem wölkenden Rauch. «Wie geht's David?»

«Auch gut.»

«Ist er nicht mitgekommen?»

«Nein, er wollte in London bleiben.» Sie steckte die Hände tiefer in die Taschen des Lammfellmantels und sagte, was sie ihrer Mutter nicht hatte sagen können: «Er macht nächste Woche mit den Crawstons Skiurlaub. Hast du das nicht gewusst?»

«Meine Mutter hat es, glaube ich, erwähnt.»

«Sie haben eine Villa in Val d'Isère gemietet und haben ihn eingeladen mitzukommen.»

«Und dich nicht?»

«Nein. Nigel Crawston hat schon eine Freundin.»

«Ist Samantha Crawston jetzt Davids Freundin?»

Antonia stellte sich seinem unverwandten Blick. Sie sagte: «Ja. Im Augenblick.»

Tom bückte sich, hob einen weiteren Stock auf und warf ihn ins Feuer. «Macht dir das zu schaffen?», fragte er sie.

«Hat es, aber jetzt nicht mehr.»

«Seit wann geht das?»

«Es geht schon eine ganze Zeit, ich wollte es nicht wahrhaben.»

«Bist du unglücklich?»

«Ja, bis vor kurzem. Jetzt nicht mehr. David sagt, wir müssen jeder unser Leben leben. Und er hat Recht. Wir haben zu sehr geklammert.»

«Hat er dir wehgetan?»

«Ein wenig», gab sie zu. «Aber David gehört mir nicht. Ich besitze ihn nicht.»

Tom schwieg ein Weilchen. Dann sagte er: «Das hört sich ziemlich erwachsen an.»

«Es stimmt aber, was, Tom? Jetzt wissen wir wenigstens, woran wir sind. Nicht nur David und ich, sondern alle.»

«Ich weiß, was du meinst. Es macht mit Sicherheit vieles einfacher.» Er warf noch einen Arm voll Zweige aufs Feuer, und es zischte, als der Schnee schmolz. «Natürlich hat sich

Weihnachten jeder verstohlen gefragt, was ihr beiden eigentlich vorhabt.»

Antonia staunte. «Du hast das auch gemerkt? Ich dachte, das ginge nur mir so. Und ich habe mir eingeredet, nur ich reagiere so heftig.»

«Sogar meine Mutter, die sonst die Vernunft in Person ist, hat sich angesteckt und angefangen, etwas von Weihnachtsverlobungen und Junihochzeiten durchblicken zu lassen.»

«Es war grässlich.»

«Das habe ich mir gedacht.» Er grinste. «Du hast mir sehr Leid getan.»

Antonia sah ihn groß an, und dann kam ihr der Verdacht. «Hast du deswegen ... die Party gegeben?»

«Na ja, immer noch besser, als dass alle rumhocken und rumrätseln und darauf warten, dass du und David mit blanken Augen hereingetrapst kommt und sagt: ‹Alle mal herhören, wir haben euch was zu sagen – wir haben eine Ankündigung zu machen.›» Er brachte das so geziert heraus, dass Antonia lachen musste. Sie war ihm ja so dankbar, sie mochte ihn ja so gern!

«Oh, Tom, du bist Spitze. Du hast den Druck von mir genommen, hast mir das Leben gerettet.»

«Na ja. Ich weiß nicht recht. Ich habe lange genug deine Fahrräder geflickt und Baumhäuser für dich gebaut. Ich dachte, mach endlich was Konstruktives für sie.»

«Aber das hast du doch. Immer. Wie soll ich dir nur danken.»

«Du musst mir nicht danken.» Er warf weiter Zweige aufs Feuer. «Ich muss die schlimmste Unordnung noch vor dem Dunkelwerden beseitigen.»

Da fiel ihr etwas ein. «Du bist heute Abend bei uns zum Essen. Hast du das gewusst?»

«Wirklich?»

«Eingeladen bist du jedenfalls. Du musst kommen. Ich habe den ganzen Morgen Fasane gerupft, und wenn du uns nicht beim Aufessen hilfst, war die ganze Mühe umsonst.»

«In dem Fall», sagte Tom, «bin ich zur Stelle.»

Sie blieb noch ein Weilchen und half ihm bei der Arbeit, und als sich der Winternachmittag neigte und die Dämmerung langsam heraufzog, überließ sie ihn seiner Arbeit und ging nach Haus. Beim Gehen merkte sie, dass die Luft weicher geworden war und dass ein sanfter Westwind durch die Bäume fuhr. Der gefrorene Schnee auf den Ästen fing an zu tropfen. Über ihr teilten sich die Wolken, ein Fleckchen heller, aquamarinblauer Abendhimmel lugte hervor. Als sie durch die Pforte am Weg zum Hof der Dixons ging, blickte sie den Hügel hoch und zu ihrem Haus hin und sah, dass hinter den Fenstern, deren Vorhänge nicht zugezogen waren, Licht brannte.

Alles ging wieder seinen gewohnten Gang. Der Stromausfall war vorbei. Und sie würde es schon schaffen, ohne David zu leben. Warum rief sie ihn nicht an, wenn sie zu Haus war und sagte ihm das, damit er kein schlechtes Gewissen mehr haben musste und ohne Schuldgefühle Pläne für Val d'Isère machen konnte.

Es fing an zu tauen. Vielleicht war morgen sogar ein schöner Tag.

Und Tom kam zum Abendessen.

Toby

An einem kalten Frühlingstag kurz vor Ostern trat Jemmy Todd, der Briefträger, in die Küche der Hardings, legte ihnen die Morgenpost auf den Frühstückstisch und teilte ihnen mit, dass ihr Nachbar, Mr. Sawcombe, am frühen Morgen an einem Herzinfarkt gestorben war.

Vier Hardings saß am Tisch. Toby, acht Jahre alt, aß seine Cornflakes. Als er nun von Mr. Sawcombes Tod hörte, konnte er den Mund voll Cornflakes, teils durchweicht, teils knusprig, nicht herunterbringen, weil er das Kauen vergessen hatte und sich zudem ein Kloß in seiner Kehle bildete, der ihm das Schlucken unmöglich machte.

Nur gut, dass die übrige Familie sich ebenso erschüttert und sprachlos zeigte. Sein Vater, der fürs Büro angezogen war und gerade aufstehen und zur Arbeit gehen wollte, stellte seine Kaffeetasse hin, lehnte sich auf seinem Stuhl zurück und sah Jemmy an.

«Bill Sawcombe ist tot? Wann hast du es erfahren?»

«Der Pfarrer hat's mir gleich erzählt, gerade als ich mit meiner Runde anfing. Hab ihn getroffen, wie er aus der Kirche kam.»

Toby sah seine Mutter an, deren Augen von Tränen glänzten. «Ach herrje.» Er konnte es nicht ertragen, sie weinen zu sehen. Er hatte sie schon einmal weinen sehen, als ihr alter Hund eingeschläfert werden musste, und da war er tagelang das Gefühl nicht losgeworden, dass seine Welt in Stücke brach. «Die arme Mrs. Sawcombe. Wie schrecklich für sie.»

«Er hatte vor ein paar Jahren schon mal einen Herzinfarkt, wie ihr wisst», sagte Jemmy.

«Aber er hat es überstanden. Und es ging ihm so gut; er hatte Freude an seinem Garten und genoss es, Zeit für sich zu haben, nachdem er all die Jahre auf dem Hof geschuftet hatte.»

Vicky, neunzehn Jahre alt, fand die Sprache wieder. «Ich halt's nicht aus», sagte sie. «Ich glaub, ich halt's einfach nicht aus.»

Vicky war über die Ostertage nach Hause gekommen. Sie arbeitete in London, wo sie sich mit zwei anderen Mädchen eine Wohnung teilte. In den Ferien zog Vicky sich zum Frühstück nie an, sie kam im Bademantel herunter, aus weißem Frottierstoff mit blauen Streifen. Die Streifen waren von demselben Blau wie Vickys Augen; sie hatte lange helle Haare, und manchmal sah sie sehr hübsch aus und manchmal sehr hässlich. Kummer machte sie hässlich; dann zogen sich ihre Mundwinkel nach unten, als würde sie gleich in Tränen ausbrechen, was die spitzen Konturen ihres schmalen knochigen Gesichts noch betonte. Der Vater sagte immer zu Vicky, sie sei viel zu dünn, aber da sie aß wie ein Scheunendrescher, konnte ihr niemand etwas vorwerfen, höchstens Gefräßigkeit.

«Er war immer so nett. Er wird uns allen sehr fehlen.» Die Mutter sah Toby an, der immer noch mit vollem Mund dasaß. Sie wusste – alle wussten –, dass Mr. Sawcombe Tobys bester Freund gewesen war. Sie beugte sich über den Tisch und legte ihre Hand auf die seine. «Wir werden ihn alle vermissen, Toby.»

Toby antwortete nicht. Aber als er Mutters Hand auf seiner spürte, schaffte er es, die Cornflakes vollends herunterzuschlucken. Seine Mutter räumte voller Verständnis die halb leere Schale fort, die vor ihm auf dem Tisch stand.

«Nur gut», sagte Jemmy, «dass Tom den Hof übernimmt. So steht Mrs. Sawcombe jetzt wenigstens nicht allein da.»

Tom war Mr. Sawcombes Enkel, dreiundzwanzig Jahre alt. Toby und Vicky hatten ihn ihr Leben lang gekannt. Früher, als sie viel jünger waren, waren Vicky und Tom zusammen auf Feste gegangen, auf Bälle des Reitervereins und im Sommer ins Ghymkhana-Zeltlager. Aber dann besuchte Tom die Landwirtschaftsschule, und Vicky ließ sich zur Sekretärin ausbilden und ging nach London, und jetzt hatten sie sich anscheinend nicht mehr viel zu sagen.

Toby fand das schade. Vicky lernte viele neue Freunde kennen, die sie manchmal mit nach Hause brachte. Aber keinen fand Toby so nett wie Tom Sawcombe. Einmal war einer, Philip hieß er, gekommen, um mit den Hardings Silvester zu feiern. Er war groß und blond und fuhr einen Wagen, der wie ein glänzender schwarzer Torpedo aussah, doch irgendwie fügte Philip sich nicht recht in ein geordnetes Familienleben, und was noch irritierender war, in seiner Gegenwart fügte Vicky sich auch nicht. Sie sprach anders, sie lachte anders.

Am Silvesterabend veranstalteten sie eine kleine Party, und Tom war auch eingeladen, aber Vicky behandelte ihn von oben herab, und Tom war offenbar sehr gekränkt. Toby fand ihr Benehmen ekelhaft. Er hatte Tom sehr gern und konnte es nicht ertragen, ihn so bedrückt zu sehen, und als der grässliche Abend um war, sagte er es seiner Mutter.

«Ich weiß genau, wie dir zumute ist», erwiderte seine Mutter, «aber wir müssen Vicky zugestehen, dass sie ihr eigenes Leben lebt und ihre eigenen Entscheidungen trifft. Sie ist jetzt erwachsen, sie kann sich ihre eigenen Freunde aussuchen, ihre eigenen Fehler machen, ihre eigenen Wege gehen. Das ist in einer Familie ganz normal.»

«Ich will keine Familie mit Vicky, wenn sie so grässlich ist.»

«Das sagst du vielleicht jetzt bloß so, aber sie ist und bleibt deine Schwester.»

«Ich kann Philip nicht ausstehen.»

Der unausstehliche Philip verschwand jedoch aus Vickys Leben. Sie lud ihn nicht wieder nach Hause ein, und allmählich wurde sein Name in ihren Erzählungen durch andere ersetzt. Die Familie stieß einen Seufzer der Erleichterung aus, und alles ging wieder seinen gewohnten Gang, nur nicht für Tom. Seit jenem Abend hatte seine Beziehung zu Vicky einen Knacks bekommen, und er kam nicht mehr ins Haus.

«Nein, Mrs. Sawcombe steht gottlob nicht allein da», sagte Mr. Harding. «Tom ist ein braver Kerl.» Er sah auf seine Uhr und stand auf. «Ich muss los. Danke, dass du's uns gesagt hast, Jemmy.»

«Tut mir Leid, dass ich eine traurige Nachricht überbringen musste», erwiderte Jemmy und stieg in seinen kleinen roten Postlieferwagen, um die Neuigkeit in der übrigen Gemeinde zu verbreiten. Tobys Vater fuhr mit dem Auto ins Büro. Vicky ging nach oben, sich anziehen. Toby und seine Mutter blieben allein am Tisch zurück.

Er sah sie an, und sie lächelte, und er sagte: «Ich hab noch nie einen Freund gehabt, der gestorben ist.»

«Früher oder später erlebt das jeder einmal.»

«Er war erst zweiundsechzig. Er hat's mir vorgestern gesagt. Das ist nicht alt.»

«Ein Herzanfall ist so eine Sache. Wenigstens war er nicht krank oder gebrechlich. Er hätte es gehasst, bettlägerig und auf seine Familie angewiesen zu sein – allen eine Last. Wenn jemand stirbt, Toby, musst du an die guten Dinge denken, dich an die schönen Zeiten erinnern und dafür dankbar sein.»

«Ich bin nicht dankbar, dass Mr. Sawcombe tot ist.»

«Der Tod ist ein Teil des Lebens.»

«Er war erst zweiundsechzig.»

«Möchtest du Eier mit Speck?»

«Will ich nicht.»

«Was möchtest du denn?»

«Weiß ich nicht.»

«Magst du ins Dorf gehen und David fragen, ob er mit dir spielen will?» David Harker war Tobys Ferienfreund. Sein Vater war der Wirt der Dorfkneipe, und manchmal bekam Toby eine Brause oder eine Packung Chips geschenkt.

Toby überlegte. Es war vielleicht besser als nichts. «Ist gut.» Er schob seinen Stuhl zurück und stand auf. Er hatte ein schrecklich beklemmendes Gefühl in der Brust, als hätte jemand sein Herz verwundet.

«... und sei nicht zu traurig wegen Mr. Sawcombe. Er würde nicht wollen, dass du traurig bist.»

Er ging aus dem Haus und den Feldweg entlang. Zwischen dem Weg und der Kuhweide, die zu Mr. Sawcombes Bauernhof gehörte, lag eine kleine Koppel, auf der Vicky früher ihr Pony gehalten hatte. Aber das Pony gab es längst nicht mehr, und Tobys Vater hatte Mr. Sawcombe das Weideland für Mrs. Sawcombes vier Jacob-Mutterschafe verpachtet. Sie waren ihre Lieblinge, gehörnt und gefleckt, und hatten altmodische Namen wie Daisy oder Emily. An einem kalten Morgen Ende Oktober war Toby hergekommen, um die Schafe zu sehen, und hatte mitten unter ihnen einen mächtigen gehörnten Widder angetroffen. Der Widder war eine Weile geblieben und dann von seinem Besitzer würdelos im Laderaum eines ramponierten Lieferwagens nach Hause verfrachtet worden.

Aber er hatte seine Pflicht getan. Schon waren drei Lämmerzwillingspaare geboren, und nur Daisy wartete noch auf ihre Niederkunft. Toby lehnte sich über den Zaun und rief nach ihr. Sie kam langsam, würdevoll, liebkoste mit ihrer edlen Nase seine Hand und gestattete ihm, ihr den wolligen Schädel zwischen den stolzen, gebogenen Hörnern zu kraulen.

Toby besah sie mit Kennerblick, so wie Tom sie zu begutachten pflegte. Sie war riesenhaft; das lange, weiche Vlies ließ den Leib noch massiger wirken.

«Kriegst du heute deine Zwillinge?», fragte er sie.

Wenn Daisy auch Zwillinge bekam, hatte Mr. Sawcombe erst vorige Tage gesagt, bekommen wir eine Lammung von zweihundert Prozent, Toby. Zweihundert Prozent. Das ist das Beste, was ein Schafzüchter verlangen kann. Es würde mich freuen. Für Mrs. Sawcombe würde es mich freuen.

Es war unvorstellbar, dass er nie mehr mit Mr. Sawcombe sprechen würde. Unvorstellbar, dass er tot war, dass er einfach nicht da war. Viele Menschen waren gestorben, aber noch keiner, der Toby so nahe stand wie Mr. Sawcombe. Tobys Großvater war gestorben, doch das war schon so lange her, dass Toby sich nicht mal mehr an ihn erinnern konnte. Er kannte nur die Fotografie am Bett der Großmutter und die Geschichten, die Granny ihm erzählt hatte. Nach dem Tod seines Großvaters war Granny in dem alten, leeren Haus wohnen geblieben, bis ihr die Arbeit zu viel wurde. Darauf hatte Tobys Vater den hinteren Flügel seines Hauses zu einer Wohnung für Granny umgebaut, und nun wohnte Granny bei den Hardings. Und doch nicht bei ihnen, denn es war eine separate Wohnung. Granny hatte ihre eigene Küche und ihr eigenes Bad, sie kochte sich ihr Essen selbst, und man musste an die Tür klopfen, bevor man sie besuchen durfte. Tobys Mutter sagte, es sei wichtig, stets anzuklopfen, denn unangekündigt bei Granny hereinzuplatzen sei eine Verletzung ihrer Privatsphäre.

Toby verließ Daisy und ging tief in Gedanken versunken ins Dorf. Er kannte noch mehr Leute, die gestorben waren. Als Mrs. Fletcher starb, die den Dorfladen und das Postamt betrieb, hatte Tobys Mutter einen schwarzen Hut aufgesetzt und war zu Mrs. Fletchers Beerdigung gegangen. Aber Mrs. Fletcher war keine Freundin gewesen. Toby hatte sich vielmehr vor ihr gefürchtet. Sie war so alt, so hässlich; wie eine große schwarze Spinne hatte sie da gehockt und Briefmarken verkauft. Nach Mrs. Fletchers Tod hatte ihre Tochter Olive den Laden übernommen, doch bis an ihr Ende war Mrs. Fletcher dort gewesen, hatte finsteren Blicks mit ihrem Gebiss geschmatzt, Strümpfe gestrickt und mit den kleinen, glänzenden Augen alles beobachtet, was vorging. Nein, er hatte Mrs. Fletcher nicht geliebt. Aber Mr. Sawcombe vermisste er schon jetzt.

Er dachte an David. Geh doch mit David spielen, hatte seine Mutter vorgeschlagen, aber Toby war überhaupt nicht danach, Astronaut zu spielen oder in dem schlammigen Fluss, der am Ende des Gartens hinter der Kneipe floss, nach Fischen zu sehen. Er wollte lieber einen anderen Freund besuchen, Willie Harrell, den Dorftischler. Willie war ein sanfter Mensch, der gemächlich sprach und altmodische Latzhosen und eine unförmige Tweedmütze trug. Toby hatte sich mit ihm angefreundet, als Willie ins Haus kam, um neue Küchenschränke einzubauen, und seither gehörte es an müßigen Ferienvormittagen zu seinen Lieblingsbeschäftigungen, ins Dorf zu spazieren und in Willies Werkstatt ein paar Worte mit ihm zu wechseln.

Die Werkstatt war ein magischer Ort, der süßlich roch und mit Hobelspänen übersät war. Hier schreinerte Willie Hofgatter und Scheunentore, Fensterrahmen, Deckenträger und Balken. Und hier fertigte Willie von Zeit zu Zeit auch Särge, denn er war nicht nur der Tischler, sondern auch der Bestattungsunternehmer des Dorfes. In dieser Rolle wurde er ein vollkommen anderer Mensch, mit Melone und schwarzem Anzug, und dann nahm er eine gedämpfte, respektvolle Stimme und eine fromme, betrübte Miene an.

Die Tür seiner Werkstatt stand heute Morgen offen. Sein kleiner Lieferwagen parkte in dem vollgestellten Hof. Toby ging zur Tür und steckte den Kopf hinein. Willie lehnte an seiner Werkbank und trank eine Tasse Tee aus einer Thermoskanne.

«Willie?»

Er sah auf. «Hallo, Toby.» Er lächelte. «Na, was gibt's?»

«Ich dachte, ich komm einfach mal vorbei.» Ob Willie von Mr. Sawcombe wusste? Er ging zu Willie hinüber, lehnte sich neben ihn an die Werkbank, nahm einen Schraubenzieher und fummelte damit herum.

«Nichts zu tun?»

«Nicht viel.»

«Vor einer Minute hab ich David auf seinem Fahrrad gesehen, mit 'nem Cowboyhut auf. Macht nicht viel Spaß, ganz allein Cowboy zu spielen.»

«Hab keine Lust zum Cowboyspielen.»

«Ich hab heute keine Zeit, mich mit dir zu unterhalten. Hab zu tun. Muss nach elf zu Sawcombes.»

Toby sagte nichts darauf. Er wusste, was das bedeutete. Willie und Mr. Sawcombe waren ihr Leben lang Freunde gewesen, sie waren Kegelbrüder und sonntags zusammen Kirchendiener gewesen. Jetzt musste Willie ... Toby scheute sich, zu Ende zu denken, was Willie tun würde.

«Willie?»

«Ja?»

«Mr. Sawcombe ist tot.»

«Hab ich mir gedacht, dass du es weißt», sagte Willie mitfühlend. «Hab's deinem Gesicht angesehen, gleich als du reingekommen bist.» Er stellte seine Teetasse hin und legte Toby seine Hand auf die Schulter. «Du darfst dich nicht grämen. Ich weiß, du wirst ihn vermissen, aber du darfst dich nicht grämen. Vermissen werden wir ihn alle», fügte er hinzu, und plötzlich hörte er sich unglücklich an.

«Er war mein bester Freund.»

«Ich weiß.» Willie schüttelte den Kopf. «Freundschaft ist was Komisches. Du, ein kleiner Knirps – wie alt bist du? Acht Jahre. Trotzdem seid ihr zwei prima miteinander ausgekommen. Wir dachten immer, das lag daran, dass du so viel dir selber überlassen warst. Warst ja viel kleiner als Vicky. Kleiner Nachkömmling, haben Bill und ich dich immer genannt. Hardings kleiner Nachkömmling.»

«Willie … machst du einen Sarg für Mr. Sawcombe?»

«Werd ich wohl.»

Toby stellte sich vor, wie Willie den Sarg machte, wie er das Holz auswählte, es glatt hobelte, seinen alten Freund in das warme, duftende Innere bettete, ganz so, als ob er ihn ins Bett legte. Eine seltsam tröstliche Vorstellung war das.

«Willie?»

«Was gibt's?»

«Ich weiß, wenn einer stirbt, kommt er in einen Sarg und wird auf den Friedhof getragen. Und ich weiß, Leute, die tot sind, gehen zu Gott in den Himmel. Aber was passiert dazwischen?»

«Ah», sagte Willie. Er nahm noch einen Schluck Tee, trank seine Tasse leer. Dann legte er die Hand auf Tobys Kopf und zauste ihm ein bisschen die Haare. «Vielleicht ist das ein Geheimnis zwischen Gott und mir.»

Toby hatte noch immer keine Lust, mit David zu spielen. Als Willie in seinem kleinen Lieferwagen zu Sawcombes gefahren war, machte sich Toby auf den Nachhauseweg, weil ihm nichts anderes einfiel. Er nahm die Abkürzung über die

Schafweide. Die drei Mutterschafe, die schon gelammt hatten, grasten mitten auf der Weide, umgeben von ihren Kindern. Aber Daisy hatte sich in eine Ecke zurückgezogen, in den Schatten einer großen Waldkiefer, wo sie vor dem Wind und der blendenden Frühlingssonne geschützt war. Und neben ihr stand, winzig wie ein Hundejunges, auf unsicheren Beinen schwankend, ein einziges Lämmchen.

Toby wusste, dass er jetzt nicht in ihre Nähe durfte. Er beobachtete sie ein Weilchen, sah das Baby den wolligen Leib mit der Schnauze nach Milch absuchen, hörte Daisy mit ihrem Baby sprechen. Er war hin und her gerissen zwischen Freude und Enttäuschung. Freude, weil das Lamm gesund auf die Welt gekommen war, und Enttäuschung, weil es keine Zwillinge waren und Mrs. Sawcombe jetzt nicht auf ihre zweihundert Prozent Lammung kam. Daisy legte sich nach einer Weile schwerfällig nieder. Das Lamm ließ sich neben sie fallen. Toby ging weiter, stieg über den Zaun und trat ins Haus, um es seiner Mutter zu erzählen. «Daisy hat ihr Lamm gekriegt. Das war das letzte.»

Seine Mutter stampfte gerade Kartoffeln fürs Mittagessen. Sie drehte sich am Herd zu Toby um. «Keine Zwillinge?»

«Nein, bloß eins. Es nuckelt und sieht ganz gesund aus. Vielleicht sollten wir es Tom sagen.»

«Warum rufst du ihn nicht an?»

Aber Toby mochte nicht bei Sawcombes anrufen. Vielleicht ging Mrs. Sawcombe an den Apparat, und dann wüsste er nicht, was er sagen sollte.

«Kannst du nicht anrufen?»

«Ach Liebling, im Moment geht es schlecht. Das Mittagessen ist fertig, aber nachher will ich zu Mrs. Sawcombe und ihr einen Blumenstrauß bringen. Dann kann ich es Tom ausrichten lassen.»

«Ich finde, er muss es gleich wissen. Mr. Sawcombe wollte

es immer sofort wissen, wenn die Lämmer kamen. Bloß für alle Fälle, hatte er gesagt.»

«Schön, wenn dir so viel daran liegt, lass Vicky Tom anrufen.»

«Vicky?»

«Fragen kannst du sie ja. Sie ist oben, bügeln. Und sag ihr, das Essen ist fertig.»

Er ging zu seiner Schwester hinauf. «Vicky, Essen ist fertig, und Daisy hat ihr Lamm gekriegt, und könntest du bei Sawcombes anrufen und Tom Bescheid sagen. Er will's bestimmt gerne wissen.»

Vicky stellte das Bügeleisen mit einem Plumps hin. «Ich ruf Tom Sawcombe nicht an.»

«Warum nicht?»

«Weil ich nicht will, darum. Ruf du ihn doch an.»

Toby wusste, weshalb sie Tom nicht anrufen wollte. Weil sie Silvester so grässlich zu ihm gewesen war und weil er seitdem nicht mehr mit ihr gesprochen hatte.

Toby rümpfte die Nase. «Was soll ich sagen, wenn Mrs. Sawcombe ans Telefon geht?»

«Schön, dann soll Mutter ihn anrufen.»

«Sie hat keine Zeit, weil sie nach dem Essen zu Mrs. Sawcombe geht.»

«Wieso lässt sie es Tom dann nicht ausrichten?»

«Tut sie ja, hat sie gesagt.»

«Ach Toby», sagte Vicky wütend, «wozu dann das ganze Theater?»

Er sagte störrisch: «Mr. Sawcombe wollte es immer am liebsten sofort wissen.»

Vicky zog die Stirne kraus. «Mit Daisy ist doch nichts schief gegangen?» Sie hatte Daisy genauso gern wie Toby, und sie hörte sich jetzt nicht mehr mürrisch und schnippisch an, sondern sprach mit ihrer normalen, netten Stimme.

«Ich glaube nicht.»

«Dann ist ja alles gut.» Sie schaltete das Bügeleisen ab und stellte es zum Abkühlen aufrecht auf das Bügelbrett. «Gehen wir runter, essen. Ich bin am Verhungern.»

Die spärlichen Wolken vom Vormittag verdichteten sich und wurden dunkler, und nach dem Mittagessen begann es zu regnen. Tobys Mutter zog einen Regenmantel an und fuhr in ihrem Auto mit einem großen Strauß Narzissen Mrs. Sawcombe besuchen. Vicky sagte, sie ginge sich die Haare waschen. Toby, der nichts Rechtes anzufangen wusste, zockelte in sein Zimmer, legte sich aufs Bett und fing ein Buch zu lesen an, das er sich aus der Bücherei geholt hatte. Es handelte von Erforschern der Arktis, aber er hatte das erste Kapitel noch nicht zu Ende gelesen, als er vom Geräusch eines Autos unterbrochen wurde, das den Feldweg entlangkam und knirschend auf dem Kies vor der Haustür anhielt. Er legte sein Buch beiseite und ging zum Fenster. Draußen stand Tom Sawcombes alter Landrover, und dann sah er Tom aussteigen.

Er öffnete das Fenster und lehnte sich hinaus. «Hallo.»

Tom guckte nach oben. Toby sah seinen blonden, mit Regentropfen beperlten Lockenkopf, sein braunes Gesicht und die blauen Augen, seine breiten Rugby-Schultern unter der geflickten Khakijacke, die er immer zur Arbeit trug. Seine verblassten Blue Jeans steckten in grünen Gummistiefeln.

«Deine Mutter hat mir wegen Daisy Bescheid gesagt. Ich will mal nach ihr sehen. Ist Vicky da?»

Das war verwunderlich. «Sie wäscht sich die Haare.»

«Kannst du sie holen? Ich bin nicht sicher, ob nicht noch ein Lamm unterwegs ist, und dann brauche ich Hilfe.»

«Ich helfe dir.»

«Ich weiß, Junge, aber du bist ein bisschen zu klein, um

ein altes Schaf wie Daisy festzuhalten. Geh lieber Vicky holen.»

Toby zog sich vom Fenster zurück und tat wie geheißen.

Er fand Vicky im Badezimmer. Sie hielt den Kopf ins Waschbecken und spülte ihre Haare mit der Brause.

«Vicky, Tom ist da.»

Vicky drehte das Wasser ab und richtete sich auf. Ihre hellen Haare tropften auf ihr T-Shirt. Sie schob sie aus dem Gesicht und sah Toby an.

«Tom? Was will er?»

«Er meint, Daisy hat vielleicht noch ein Lamm im Bauch. Er sagt, er braucht Hilfe, und ich bin nicht groß genug, um sie festzuhalten.»

Sie griff sich ein Handtuch und wand es sich um den Kopf. «Wo ist er?»

«Unten.»

Schon war sie aus dem Badezimmer und lief die Treppe hinunter. Tom wartete unten; er war einfach ins Haus gegangen, wie in alten Zeiten, bevor er und Vicky sich zerstritten hatten.

«Wenn noch ein Lamm da ist», meinte Vicky, «ist es dann nicht längst tot?»

«Wir werden sehen. Hol einen Eimer Wasser, sei so lieb, und Seife. Bring alles auf die Weide. Komm, Toby, du gehst mit mir.»

Draußen goss es in Strömen. Sie gingen den Feldweg entlang, überquerten bei den Rhododendren das hohe, nasse Gras, dann kletterten sie über den Zaun. Durch den Regenschleier konnte Toby Daisy auf sie warten sehen. Sie war auf den Beinen, schützte das Lämmchen und streckte ihnen den Kopf entgegen. Als sie näher kamen, gab sie ein tief aus der

Brust kommendes Geräusch von sich, das in keiner Weise an ihr übliches gesundes Blöken erinnerte.

«Ruhig, Mädchen, ruhig.» Tom sprach mit sanfter Stimme. «Ist ja gut.» Er ging geradewegs zu ihr und griff ohne Umschweife nach ihren Hörnern. Sie wehrte sich nicht wie sonst, wenn jemand das machte. Vielleicht wusste sie, dass sie Hilfe brauchte und dass Tom und Toby deswegen gekommen waren. «Ruhig, Mädchen, ganz ruhig.» Tom strich mit einer Hand über das dicke, regennasse Fell auf ihrem Rücken.

Toby sah zu. Er hatte Herzklopfen, nicht so sehr vor Sorge als vor Aufregung. Er hatte keine Angst, denn Tom war ja da, ebenso wie er nie vor etwas Angst hatte, wenn Mr. Sawcombe neben ihm stand.

«Aber Tom, wenn sie noch ein Lamm im Bauch hat, warum ist es dann nicht herausgekommen?»

«Vielleicht ist es ein großer Bursche. Vielleicht hat es sich nicht in die richtige Lage gebracht.» Tom sah zum Haus hinüber, und Toby folgte seinem Blick. Vicky kam mit ihren langen Storchenbeinen und ihren pitschnassen Haaren zu ihnen, ein überschwappender Eimer zog sie mit seinem Gewicht zur Seite. Als sie bei ihnen angelangt war und den Eimer abgestellt hatte, sagte Tom: «Gut gemacht, Mädchen. Jetzt hältst du sie, Vicky. Fest und doch sachte. Sie wird sich nicht wehren. Krall dich ruhig mit den Fingern in ihr Fell. Und Toby, du nimmst ihre Hörner und sprichst auf sie ein. Beruhigend. Dann weiß sie, dass sie in guten Händen ist.»

Vicky schien drauf und dran, in Tränen auszubrechen. Sie kniete sich in den Schlamm, legte die Arme um Daisy und drückte ihre Wange an Daisys weiche Wolle. «Oh, arme Daisy. Du musst ganz tapfer sein. Alles wird gut.»

Tom zog sich aus. Jacke, Hemd, das weiße T-Shirt. Nackt bis zur Taille, seifte er sich Hände und Arme ein.

«So», sagte er. «Jetzt wollen wir mal sehen, was da los ist.»

Toby klammerte sich an Daisys Hörner und hätte am liebsten die Augen zugemacht. Aber er tat es nicht. Sprich auf sie ein, hatte Tom gesagt. Beruhigend. «Ruhig, ruhig», sagte Toby zu Daisy, weil er Tom das zu ihr hatte sagen hören und ihm nichts anderes einfiel. «Ruhig, ruhig, Daisy Schätzchen.» Dies war eine Geburt. Das ewige Wunder, hatte Mr. Sawcombe es genannt. Dies war der Beginn des Lebens, und er, Toby, half dabei.

Er hörte Tom sprechen. «Weiter so. Weiter so … keine Bange, altes Mädchen.»

Daisy gab aus Unbehagen und Unmut ein einziges Stöhnen von sich, und dann sagte Tom: «Da ist er! Ein Pfundskerl, und er lebt.»

Und da war es, das kleine Geschöpf, das die ganze Mühe verursacht hatte. Ein weißer Widder mit schwarzen Flecken. Blutbeschmiert lag er auf der Seite, aber es war ein kräftiges, gesundes Lamm. Toby ließ Daisys Hörner los, und Vicky lockerte ihren Griff. Erleichtert machte sich Daisy an die Begutachtung des Neuankömmlings. Sie stieß einen leisen, mütterlichen Laut aus und beugte sich, um das Neugeborene zu lecken. Nach einer kleinen Weile stupste sie es sachte mit ihrer Nase, und es dauerte nicht lange, da rührte es sich, hob den Kopf und kam erstaunlicherweise wackelnd auf seine langen, unsicheren Beine. Sie leckte es abermals, erkannte es als ihres und nahm es liebevoll und fürsorglich in ihre Obhut. Das Lämmchen machte ein, zwei torkelnde Schritte und fing alsbald, von seiner Mutter ein wenig ermuntert, zu saugen an.

Noch lange nachdem Tom sich mit seinem Hemd abgetrocknet und seine Sachen angezogen hatte, blieben sie da, ohne auf den Regen zu achten, und sahen Daisy und ihren Zwillingen zu, gefesselt von dem Wunder, zufrieden mit sich und ihrer vereint vollbrachten Leistung. Vicky und Toby saßen nebeneinander unter der alten Waldkiefer auf der Erde, und Vicky hatte ein Lächeln im Gesicht, wie Tom es seit einer Ewigkeit nicht gesehen hatte.

Sie sah Tom an. «Woher wusstest du, dass da noch ein Lamm war?»

«Sie war immer noch sehr unförmig, und sie schien sich nicht besonders wohl zu fühlen. Sie war unruhig.»

Toby sagte: «Mrs. Sawcombe hat eine zweihundertprozentige Lammung erzielt.»

Tom lächelte. «Das stimmt, Toby.»

«Aber warum ist das Lamm nicht von allein gekommen?»

«Schau es dir nur an! Ein großer Bursche mit einem großen Kopf. Aber jetzt geht es ihm gut.» Dann sah er auf Vicky hinunter. «Aber dir wird es nicht gut gehen, wenn du noch länger hier im Regen sitzen bleibst. Du holst dir einen Schnupfen, deine Haare sind ja ganz nass.» Er bückte sich nach dem Eimer, dann reichte er Vicky seine andere Hand. «Komm jetzt.»

Sie nahm seine Hand, und er zog sie auf die Beine. Da standen sie und lächelten sich an.

Er sagte: «Gut, dass wir miteinander reden.»

«Ja», sagte Vicky. «Verzeih.»

«Es war genauso meine Schuld.»

Vicky blickte schüchtern drein. Sie lächelte wieder, wehmütig, ein Lächeln, das die Mundwinkel nach unten bog. «Lass uns nicht wieder streiten, Tom.»

«Mein Großvater sagte immer, das Leben ist zu kurz zum Streiten.»

«Ich habe dir noch nicht gesagt, wie Leid es mir tut ... dass er ... es ist für uns alle ein Verlust. Ich weiß nicht, wie ich es richtig sagen soll.»

«Ist schon gut», sagte Tom. «Manche Dinge muss man nicht aussprechen. Komm jetzt.»

Toby schienen sie vergessen zu haben. Sie schlenderten fort von ihm, über die Weide, Tom hatte den Arm um Vicky gelegt, und Vickys nasser Kopf lehnte an Toms Schulter.

Toby beobachtete die zwei zufrieden. Mr. Sawcombe hätte sich gefreut. Er hätte sich auch über Daisys Zwillinge gefreut. Das zweite Lamm war wirklich ein hübscher Bursche, nicht bloß ein Pfundskerl, wie Tom ihn genannt hatte, sondern mit schöner, ebenmäßiger Zeichnung und einem Paar Hörner, schon sichtbar wie Knospen, in weiche, lockige Wolle gebettet. Wie Mrs. Sawcombe das Lamm wohl nennen würde? Vielleicht Bill. Toby blieb, bis es zu nass und zu kalt wurde, um noch länger herumzustehen. Er kehrte den Schafen den Rücken und machte sich auf den Heimweg.

Seine Mutter kam von ihrem Besuch bei Mrs. Sawcombe zurück und bereitete ihm zum Tee eine üppige Mahlzeit mit Fischstäbchen, Chips und Bohnen, Pflaumenkuchen und Schokoladenplätzchen. Während er kräftig futterte, berichtete er von dem großen Abenteuer mit Daisy. «… und Tom und Vicky sind wieder dicke Freunde», erzählte er ihr.

Nach dem Tee kam Tobys Vater vom Büro nach Hause, und sie sahen sich zusammen im Fernsehen ein Fußballspiel an. Danach ging Toby nach oben in die Badewanne. Er lag in dem heißen, dampfenden Wasser, das nach Fichtennadeln duftete, weil er ein wenig von der Essenz aus Vickys Flasche gemopst hatte, und befand, dass der Tag alles in allem doch nicht ganz so schlimm gewesen war. Und dann beschloss er, seiner Großmutter einen Besuch abzustatten, die er den ganzen Tag nicht gesehen hatte.

Er stieg aus der Wanne, zog seinen Schlafanzug und seinen Bademantel an und ging durch den Flur, der zu ihrer Wohnung führte. Er klopfte an die Tür, sie rief «Herein», und es war, als trete er in eine andere Welt, weil ihre Möbel und Vorhänge und alle ihre Sachen so anders waren. Sie hatte so viele Fotografien und Nippessachen, und ständig brannte im Kamin ein kleines Kohlefeuer. Er fand seine Großmutter strickend in ihrem Sessel, und auf ihren Knien hatte sie ein Buch liegen. Sie besaß zwar einen Fernsehapparat, aber ihr lag nicht viel daran. Sie las lieber, und immer wenn Toby an sie dachte, sah er sie in das eine oder andere Buch vertieft. Aber wenn er sie unterbrach, legte sie jedes Mal ein ledernes Lesezeichen zwischen die Seiten und klappte das Buch zu, um Toby ihre ungeteilte Aufmerksamkeit zu widmen.

«Hallo, Toby.»

Sie war schrecklich alt. (Die Großmütter anderer Jungen waren oft recht jung, aber Tobys war sehr alt, weil Tobys Vater, wie Toby, ein Nachkömmling gewesen war.) Und dünn war sie. So dünn, dass es aussah, als könnte sie entzweibrechen, und ihre Hände waren fast durchsichtig, mit dicken Knöcheln, über die sie ihre Ringe nicht bekam, sodass sie sie immerzu trug. Und sie funkelten und sahen richtig flott aus.

«Was hast du heute gemacht?»

Er zog sich einen Hocker heran, setzte sich und berichtete. Er erzählte ihr von Mr. Sawcombe, aber das wusste sie schon. Er erzählte ihr, dass Willie einen Sarg für Mr. Sawcombe schreinerte. Er erzählte ihr, dass er nicht mit David Cowboy gespielt hatte, und er erzählte ihr von Daisys Lamm. Und dann erzählte er ihr von Vicky und Tom.

Granny wirkte hoch erfreut. «Das ist das Beste. Sie haben den blöden Streit beigelegt.»

«Meinst du, sie verlieben sich und heiraten?»

«Kann sein, kann auch nicht sein.»

«Warst du verliebt, als du Großpapa geheiratet hast?»

«Ich glaube schon. Es ist so lange her, dass ich es manchmal vergesse.»

«Hast du …» Er zögerte, aber er musste es wissen, und Granny hatte sich noch nie durch peinliche Fragen in Verlegenheit bringen lassen. «Als er starb … hast du ihn da sehr vermisst?»

«Warum fragst du? Vermisst du Mr. Sawcombe?»

«Ja. Den ganzen Tag. Den ganzen Tag hab ich ihn vermisst.»

«Das gibt sich. Später ist das mit dem Vermissen nicht mehr so schlimm, und dann erinnerst du dich nur an die schönen Zeiten.»

«Ist es dir mit Großpapa so gegangen?»

«Ich glaube schon. Ja.»

«Hat man große Angst, wenn man stirbt?»

«Das weiß ich nicht.» Sie lächelte ihr vertrautes Lächeln, belustigt und spitzbübisch, das so erstaunlich in diesem alten runzligen Gesicht war. «Ich bin noch nie gestorben.»

«Aber …» Er sah ihr fest in die Augen. Kein Mensch konnte ewig leben. «Aber hast du keine Angst?»

Die Großmutter nahm Tobys Hand. «Weißt du», sagte sie, «ich habe mir immer vorgestellt, dass das Leben eines jeden Menschen wie ein Berg ist. Und jeder muss allein auf diesen Berg steigen. Du beginnst im Tal, es ist warm und sonnig, ringsum sind Weiden und Bächlein, Butterblumen und sonst noch allerlei. Das ist deine Kindheit. Und dann fängst du an zu steigen. Allmählich wird der Berg etwas steiler, es geht sich nicht mehr so leicht, aber wenn du hin und wieder stehen bleibst und dich umschaust, ist die wunderbare Aussicht jede Anstrengung wert. Und ganz oben auf dem Berg, wo Schnee und Eis in der Sonne glitzern und alles unglaublich schön ist, das ist der Gipfel, die große Leistung, das Ende des langen Aufstiegs.»

Bei ihr hörte es sich wundervoll an. Voller Liebe zu ihr sagte er: «Ich will nicht, dass du stirbst.»

Die Großmutter lachte. «O mein Liebling, mach dir deswegen keine Sorgen. Ich werde euch allen noch lange zur Last fallen. So, und nun gibt's für jeden von uns eine Pfefferminzcreme, und dann legen wir zusammen eine Patience, was hältst du davon? Es ist so schön, dass du mich besuchst. Mir war allmählich ein bisschen langweilig, so mit mir allein ...»

Später sagte er ihr gute Nacht und verließ sie, ging sich die Zähne putzen und dann in sein Zimmer. Er zog die Gardinen zurück. Es hatte zu regnen aufgehört, und im Osten ging der Mond auf. Im Halblicht sah er die Koppel und die Umrisse der Schafe und ihrer Lämmer unter den schützenden Ästen der alten Kiefer versammelt. Er zog seinen Bademantel aus und ging ins Bett. Seine Mutter hatte eine Wärmflasche hineingetan, das war ein Genuss. Er legte sie sich auf den Bauch, lag mit weit offenen Augen im sanften, warmen Dunkel und dachte nach.

Er fand, dass er heute eine Menge gelernt hatte. Über das Leben. Er hatte bei einer Geburt geholfen und, bei Vicky und Tom, den Beginn einer neuen Beziehung beobachtet. Vielleicht würden sie heiraten. Vielleicht auch nicht. Wenn sie heirateten, würden sie Babys bekommen. (Er wusste schon, wie die Babys entstanden, weil Mr. Sawcombe es ihm einmal im Verlauf eines männlichen Gesprächs über Viehzucht erklärt hatte.) Und er, Toby, würde dann Onkel.

Und dann der Tod ... Der Tod ist ein Teil des Lebens, hatte seine Mutter gesagt. Und Willie hatte gesagt, der Tod sei ein Geheimnis zwischen Gott und ihm. Aber Granny glaubte, der Tod sei der glitzernde, strahlende Gipfel des persönlichen Berges eines jeden Menschen, und das war vielleicht das Beste, das Tröstlichste von allem.

Mr. Sawcombe war auf seinen Berg gestiegen und hatte den

Gipfel erreicht. Toby stellte ihn sich vor, wie er triumphierend dort stand. Er trug eine Sonnenbrille, weil der Himmel so hell war, und seinen besten Sonntagsanzug, und vielleicht hielt er eine Fahne in der Hand.

Toby war auf einmal sehr müde. Er schloss die Augen. Eine zweihundertprozentige Lammung. Mr. Sawcombe wäre sehr zufrieden gewesen. Wie schade, dass er Daisys Zwillinge nicht mehr erlebt hatte.

Aber als der Schlaf ihn langsam umfing, lächelte Toby in sich hinein, denn ohne besonderen Grund war er sich plötzlich ganz sicher, dass sein alter Freund, wo immer er jetzt sein mochte, es längst wusste.

Die Originalausgabe der Sammlung
«Blumen im Regen» erschien 1991
unter dem Titel *Flowers in the Rain* bei
New English Library, Hodder and Stoughton Ltd., London
Die Originalausgabe der Sammlung
«Das blaue Zimmer» erschien 1985 unter dem Titel
The Blue Bedroom bei St. Martin's Press, New York
Die Erzählungen der Sammlung
The Blue Bedroom («Das blaue Zimmer») wurden
von Margarete Längsfeld übersetzt;
die Erzählungen der Sammlung *Flowers in the Rain*
(«Blumen im Regen») wurden von Dorothee Asendorf
übersetzt
Die Erzählungen «Ein Schneespaziergang» und
«Die Schlittschuhe» wurden der Sammlung
«Blumen im Regen» entnommen
(Rowohlt Taschenbuch Verlag, 1994, Nr. 13207);
die Erzählungen «Die weißen Vögel»,
«Das Vorweihnachtsgeschenk»,
«Miss Camerons Weihnachtsfest» und
«Toby» wurden der Sammlung
«Das blaue Zimmer» entnommen
(Rowohlt Taschenbuch Verlag, 1996, Nr. 13922)